KB097781

두번째 글쓰기

두 번째 글쓰기

당신의 노동을 쓰는
나의 노동에 관하여

희정 지음

오월의봄

사라지는 조각들을 주워 담는 일

이야기

어떤 이에게서 들은 이야기다.

그는 어린 시절을 아프리카의 한 나라에서 보냈다.* 이따금 아버지를 따라 나병 환자들이 모인 마을에 봉사활동을 가곤 했다. 어린 그의 눈에 나병에 걸린 이들은 무섭거나 안쓰러운 대상이 아니었다. 그저 신기했다. 저번에 봤을 때는 귀가 있었는데 오늘은 왜 없을까?

"귀는 어디에 있어요?"

---

* 이은경(화가). 그가 어린 시절 머물었던 세네갈에서 보고 들은 이야기를 옮겼다.

꼬마였던 그가 묻자 귀가 사라진 사람은 말했다.

"하늘나라로 먼저 보냈단다."

"하늘나라요?"

"우리는 결국 모두 하늘나라로 가게 되는데, 아저씨는 한쪽 귀를 먼저 하늘나라로 보낸 거란다."

그곳에는 몸의 조각들을 먼저 하늘나라로 보낸 사람들이 모여 있었다.

시간

꼬마를 위해 만들어둔 이야기가 아니었다. 자신의 처지를 잊고자 만든 이야기도 아닐 것이다. 하루는 울고 하루는 원망한다. 당장이라도 털고 일어설 수 있을 것 같다가 금세 주저앉는다. 그러다가도 무릎 짚고 일어나 한 발 걷는다. 살아야 하니까. 그 시간 속에서 건져 올린 이야기를 아이에게 해주었을 테다.

아는 척이다. 생전 본 적도 없는 사람의 삶을 아는 척한다. 내가 하는 일이 그러하다. 누군가의 이야기가 만들어지기까지의 과정을 좇는다. 말이 좋아 해석이고 의미 추론이지, 실은 알지 못하는 이의 삶을 아는 척하는 일이다.

취재를 하다보면, 간혹 자신이 겪은 사건이나 고통을

아주 잘 설명하는 사람을 만나게 된다. 눈물과 상심마저 서사의 틀에 넣어 나에게 건넨다. 그때마다 나는 그 사람이 자기 자신에게 수없이 물었을 말을 떠올린다. "내게 왜 이런 일이……" 이 물음을 직면한 사람만이 이야기를 얻는다.

이야기를 움켜쥐기까지 사람은 자신을 미워하고 다독이고 재촉하고 설득해 일으켜 세운다. 그 시간이 있기에 그와 내가 지금 마주 앉을 수 있다. "저는 할 이야기가 없어요"라고 말하는 사람에게도, "너무 평범한데 제 삶이 이야깃거리가 될까요?"라고 묻는 사람에게도 그런 시간은 있다. 누구나 자신을 일으켜 세우며 산다. 누군가의 말을 듣는다는 것은 그가 '말'을 갖게 되기까지 견뎌오고, 싸워오고, 버텨내고, 살아온 시간을 더듬는 일이다.

누군가 겪어낸 시간의 조각들을 모아 글을 쓴다. 몸의 조각을 하늘나라로 먼저 보낸 이들의 말을 듣고 적는다. 하지만 추출된 말들은 내 이름이 가장 크게 쓰인 책에 담긴다. 내가 묘한 죄책감을 느끼는 지점이다. 그럼에도 혹여 조각 하나라도 잃어버릴까봐 조바심을 내며 기록한다. 그것이 나의 노동이다.

기록노동

사람들의 노동 이야기를 듣고 적는다. 가끔 주변에서 묻는다. 왜 노동에 관심을 두냐고. 매일 지겹도록 하는 노동을 책에서까지 보고 싶어 하는 사람은 드물다. 사람들은 이 재미없는 이야기를 적어내는 내가 궁금하다는 듯 묻는다.

노동 지겹다. 그런데 고백하자면, 나는 노동을 좋아한다. 아니, 노동하는 사람들의 이야기를 듣는 일을 좋아한다. 좋아하는 책의 제목도 이러하다. 《일》. '누구나 하고 싶어 하지만 모두들 하기 싫어하고 아무나 하지 못하는'이라는 부제가 달렸다.

노동 없이 생존이 불가능한 세상이다. 모두가 일을 하고 싶어 하지만, 동시에 모두들 하기 싫어한다. 싫어하니 관심을 가지지 않는다. 이 책에는 윌리엄 포크너의 말이 담겨 있다.

"하루 여덟 시간 동안 먹을 수 없고, 하루 여덟 시간 동안 마실 수도 없으며, 하루 여덟 시간 동안 사랑을 나눌 수도 없다. 여덟 시간 동안 할 수 있는 것은 일뿐이다."*

직장에서 하는 일만이 노동이 아니다. 일터에서건 집에서건 우리의 노동은 계속된다. 여덟 시간, 열 시간, 하루 내내 계속된다. 그래서 노동이 끔찍하고, 그래서 대단하다. 나

---

* 스터즈 터클, 《일》, 노승영 옮김, 이매진, 2007, 8쪽.

는 노동을 '아무나 하지 못하는 일'이라고 믿고 사는 사람이다. (이 세상에 '아무나'인 사람도 없다.)

"저는 아무 소리도 내지 않고 접시를 내려놓을 수 있어요. 떨어트린 포크를 집어 드는 데도 저만의 방식이 있답니다. 사람들은 제가 얼마나 우아하게 일을 하는지 알고 있어요. 마치 무대에 선 것 같아요."*

사람들은 이런 노동을 하면서 노동이 이런 것인지를 모른다.

이 세계는 노동을 '아무나 대체할 수 있는 것'으로 취급하지만, 버튼 하나 누르는 데도 누구도 따라 할 수 없는 자신만의 노하우를 만드는 것이 사람이다. 수만 번 종일 같은 볼트를 돌리는 〈모던 타임즈〉의 찰리 채플린마저 이야기를 나눠보면 손목 인대를 보호하는 자신만의 손동작을 알려줄 것이라 믿는다. 그 자신은 콧노래에 맞춰 연장이 돌아가는 일을 악기 연주쯤으로 여기고 있을지도 모른다.

나뭇결을 헤아리며 거기에서 자기 인생을 읽는 사람이 목수이고, 철 덩어리가 어디가 아픈지 귀를 열다가 문득 거기서 세상 목소리를 찾는 사람이 엔지니어라고 생각하고 산다. '문지르고 닦다보면 내 마음도 닦인다'는 말을 좋아한다. 그래서 내가 하는 작업에도 '(기록)노동'이라는 이름을 붙였다.

---

* 같은 책, 11쪽.

듣는 행위

좁은 방에서도 세계 곳곳을 여행할 수 있다고 믿게 만드는 힘이 명작동화에 있듯, 노동 이야기에는 세상 모든 것에 대해 들을 수 있다는 기대감이 스며 있다.

판검사만을 비추는 브라운관에서 벗어나 법정 서기에게 법원에서 벌어지는 일을 듣는다. 그곳이 그의 직장이다. 흰 가운 입은 의사와 간호사가 종종걸음 치는 병원의 지하에서 의료기구를 닦는 일을 하는 사람을 알게 된다. 집 밖에 나가는 일이 거의 없는 장애 여성이 반평생 집 안에서 해온 노동을 듣는다.

노동을 말할 때 노동에 관해서만 말하는 사람은 없다. 몸에 대해 말하고, 힘에 대해 말하고, 권리와 존엄에 대해 말한다. 평등, 쓸모, 규범, 권력, 진실. 숱한 단어가 일하는 사람과 자신의 노동을 지키기 위해 세상과 싸우게 된 사람의 입에서 나온다. 높은 사람들의 조용하지만 큰 목소리와 낮은 사람들의 시끄럽지만 작은 목소리. 가진 것 없는 사람들의 측은지심과 내놓을 것 많은 사람들의 인색함, 그리고 이렇게 딱 반으로 쪼갤 수 없는 것들을 둘로 나누는 세상의 이분법에 대해서도 듣는다. 듣다보면 세상이 높다고 칭한 것이 별것 아닌 것이 되고, 초라하다고 재단되는 것들이 귀하게 여겨진다.

이야기를 듣는 행위만으로 이 세상이 가진 진부함이 깨져간다. 세상이 높다고 하는 것을 높다고 평가하는 진부함에 실금이 그어진다. 노동처럼 지루한 이야기가 세상의 고루한 높고 낮음을 두들기고 있다는 사실에 위로받는다.

쓰는 행위

지난해 가을, 같이 책을 만든 적이 있는 편집자가 내게 기록에 관한 에세이를 써보자고 했다.

"제가요?"

"평소 SNS에 쓰는 글처럼 쓰시면 될 것 같아요."

"거기엔 징징거리는 글만 썼는데요?"

"그걸 쓰시면 돼요."

마구 웃었는데, 정말 그것을 썼다. 쓰고 보니 푸념과 불안이 가득한 글이다. 모아놓고 보니 노동 실패담이다. 남들처럼 일의 기쁨과 보람에 대해 이야기하면 좋으련만, 아무리 살펴봐도 망설임과 후회에 대한 이야기뿐이다. 내 노동이 그렇다. 번번이 인터뷰를 망치고, 질문을 놓치고, 인터뷰이의 심기를 어지럽힌다.

그래도 다음 날이면 어김없이 노동을 하러 간다. 위안만 주는 노동은 없고, 기쁨으로 가득 찬 일터도 없다. 숱한 직장인들처럼 나 또한 후회 가득한 오늘을 뒤로하고 내일 다시 출근해야 한다. 그런 나를 다독이기 위해서 혼자 마시는 맥주 한 캔이 필요했고, 집으로 돌아가는 길에 누군가와 나누는 전화 한 통이 필요했다. 때론 '쓰는 행위'를 통해 위로를 찾곤 했다. 내 몫의 노동이 버거워 무엇이라도 끄적일 때가 있었다.

쓸모를 얻지 못한 초고를 '여초餘草'라고 한다. 낙서 같은 글, 일기장에서 건져낸 글, 여초가 될 뻔한 글들을 그러모았다. 이 책에 담긴 글은 기록이란 노동을 할 수 있게 나를 지탱해주던 잡다한 생각들이다.

<차례>

1부

기록, 서로 얽혀 빚어진

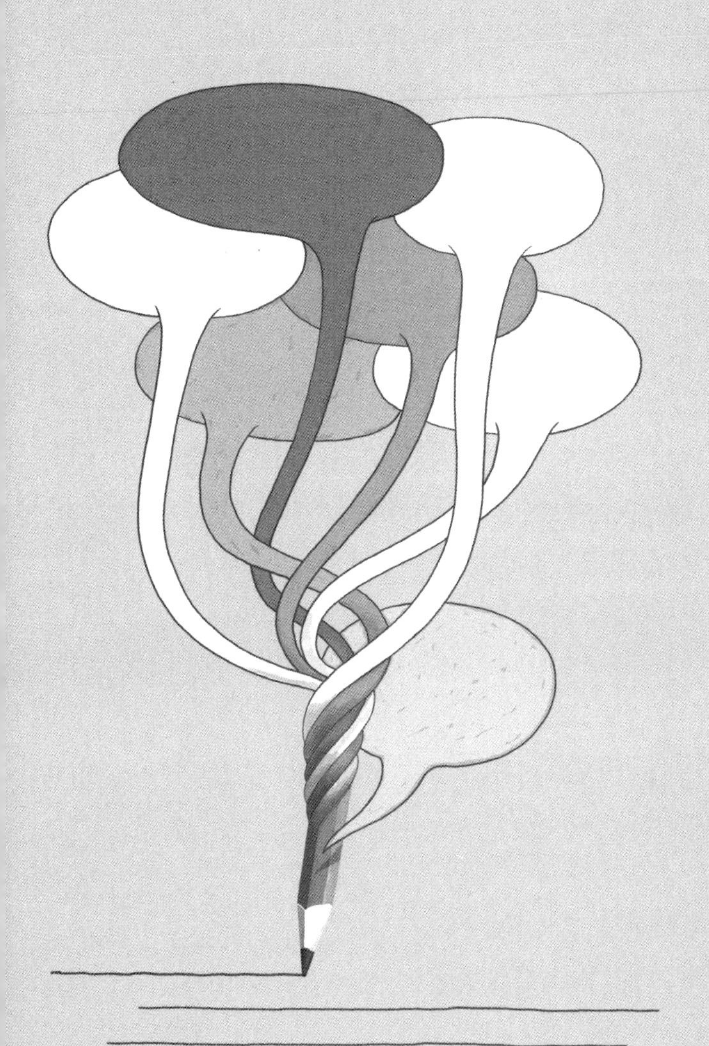

1

취재 현장

삶의 토막 하나를 건져 올려

“정확히 관찰되고 기록된 현실은 언제나 가장 대담한 작가의 상상력보다 더 상상력이 풍부하고 흥미진진하다.”

유명 르포작가 귄터 발라프[1]는 이렇게 말했다지만, 나는 언제나 상상력을 압도하는 현실이 무서웠다. 현실에선 나의 상상을 벗어난 사건들이 벌어졌다. 아무리 접해도 놀랍고 참담한 기분은 사라지지 않았다.

한 해 2000여 명이 일하다 죽는 사회를 기록한 르포집 《노동자, 쓰러지다》[2]를 내고 ‘발로 뛰며 쓴 글’이라는 평을 들었다. 현장을 기록하는 장르인 르포르타주[3] 작업을 하는 사람에게 이처럼 당연하고도 고마운 말이 없었다.

그러나 나는 출간 직전 이 문구를 추가했다.

“이 책이 소꿉장난 같다.”

2014년 4월, 세월호가 침몰했다. 300여 명이 바다에서 나오질 못했다. 그해 겨울엔 현대중공업 계열 조선소에서 석 달간 여덟 명의 노동자가 차례차례 죽어나갔다. 2주에 한 번 꼴로 오는 부고 문자를 보며 나는 '소꿉장난'이라는 단어를 떠올렸다.

내가 상상할 수 있는 세상은 '고작' 한 사업장에서 서너 명이 죽는 위험을 만들어내는 기업과 그것을 용인하는 정부였다. 수십여 명의 현장 노동자를 만나고 다녔지만, 나는 도무지 아는 것이 없었다.

낯선 곳에서 낯선 이야기를 듣다

납작한 상상력을 비웃는 현실은 내게 좌절을 안겨주었으나, 이상하게도 읽는 이들은 상상할 수 없는 현실에 흥미를 보였다. 조선소, 제철소, 철도, 건설현장. 일하다 죽는 이들의 기록에는 '흔치 않음'이 있었다. 떨어져 죽고 몸이 으깨져 죽고 용광로에 빠져 죽는 이야기. 밤낮없이 일하다 뇌에 과부하가 걸리고, 화학물질이 세포를 변이시켜 암이 된 이야기. 누군가는 이 책을 손에서 놓지 말라고 강조하면서도 손에서 놓고 싶을 만큼 무서운 이야기라고 했다(책의 추천사 제목이 〈이 책을 손에서 놓지 마세요〉다). 현실이라 더 끔찍하다고 했다. 누군가에겐 일상의 시간이었으나, 읽는 이에겐 무섭도록 낯선 이야기였다. 그래서 읽혔다.

'낯선 곳'에서 들려온 '낯선 이야기'를 듣고자 하는 독자의 욕망이 있었다. 낯선 그곳은 나의 (취재) '현장'이었다. 사람이 일하다 죽는 일터가 우리의 일상과 분리된 공간이 아님을 글로 말하고 싶었으나, 그저 바르고 옳은 소리일 뿐이었다. 나에게조차 이들의 세계는 낯설었다.

그들의 일터만 낯선 것이 아니었다. 일하는 이들의 이야기를 통해 그들을 죽게 만드는 구조를 어렴풋이 짐작했으나, 그들이 숨겨둔 말은 지나쳤다. 기록으로 재현한 시스템은 조잡했고, 그들의 말은 자꾸 선별됐다.

선별된 조잡함을 글 속에서 반복해 확인하는 일은 괴로웠다. 그럼에도 다시 발을 움직여 '낯선' 그곳을 찾아가는 이유는 하나였다. 그곳으로 가서 '아무도 쓰지 않는 이야기'를 쓰고 싶었다. 새롭고 독보적인 이야기를 쓰겠다는 포부가 아니었다. 일본의 르포작가 야스다 고이치는 《거리로 나온 넷우익》[4]을 쓰게 된 배경을 질문받았을 때 이렇게 답했다.

"아무도 쓰지 않았기 때문입니다."[5]

아무도 쓰지 않는 이야기란 사회의 이면을 가리켰다. 보이지 않는 자리에서 아무도 들어주지 않는 이야기를 하는 이들이 있었다. 세상이 없는 것으로 취급하는 이야기들. 나 역시 '진짜' 이야기는 그곳에 있다고 믿었다. 그래서 현장에 가고 싶었다.

가닿을 수 없는 낯선 이

나의 취재는 늘 현장에 가닿지 못하고 멈춰버렸다. 현장을 알지 못한다는 자각이 나를 사로잡았다. '낯선 현장'을 '흔한 자리'로 바꾸고 싶었다. '흔한 공간'에서 '흔한 이야기'를 들으며 지내고 싶었다. 기록 작업을 할 때보다 (노동) 현장에 가까이 있을 수 있겠다고 기대한 곳으로 갔다. 커다란 배를 만드는 조선소가 있는 도시였다. 그 지역 노동조합에서 3년을 보냈다.

그래서 결과는? 몇 년 사이 현장을 잘 알게 되는 일 따위는 없었다. 달라진 것이 있긴 했다. 내가 있던 노동조합은 두 달에 한 명꼴로 사람이 죽어나가는 일터에 있었다. 거대한 폭발에 타 죽거나 전신화상으로 살이 녹아 고통스럽게 죽는 정도가 아니고서야, '흔하디 흔한' 죽음은 관심조차 끌지 못하는 곳이었다. "노동자가 일하다 죽는 것이 당연한"[6] 공간이었다.

그곳 사람들에게 유해물질 들먹이며 안전을 말하면 "우린 365일 중 360일은 술을 마신다"며 피식 웃었다. 어차피 일상에서 죽어가는 몸이었다. 나도 따라 웃었다. 그들의 삶에 가닿았냐고? 그런 일은 벌어지지 않았다. 그 웃음의 의미를 온전히 알게 되는 일도 없었다. 다만 아집 있고 우악스런 그들이 짓는 웃음을 좋아하게 됐을 뿐이다.

질문하지 않는 기자들에게 보낼 산재사망 보도자료를 쓰면서 이따금 그들이 했던 말과 웃음을 떠올렸다. 누구도 알고 싶어 하지 않는, 정말 낯선 이야기. 그 쓴웃음에서 세상의 이면을 막연히 짐작해볼 뿐이었다.

낯선 곳에서 흔한 이야기를 듣다

흔한 곳에서 흔한 이야기를 듣고 싶었지만, 추측만 난무했다. 흔한 공간이란 없었다. 몇 년을 같이 보낸다 한들 올곧이 알 수 있는 타인은 없었다. 모두가 낯선 이였다. 예측되지 않는 다름이 어느 날은 징글징글하다가 또 어느 날은 불현듯 이해가 되는, 그러다 그마저 착각이었음을 깨닫는 일이 반복됐다. 결국 저 사람이 살아온 삶을 나의 언어와 결대로 해석할 수 없다는 사실을 인정해야 했다.

몇 년 후, 다시 서울로 돌아왔다. 광장을 가진(어쩌면 광장을 독점한) 서울은 그 사이 커다란 변화를 겪었다. 나는 '시차 적응'을 하느라 주춤거렸다. 세상이 달라지고 있었고, 변한 세상은 사람들에게 서사에 대한 갈망을 지폈다. 자신과

주변의 삶을 사소하고 부차적인 것으로 취급하던 기존의 시선에서 벗어나 의미를 부여하려는 움직임이었다.[7]

기록을 통해 무엇인가를 발견하려는 행보가 반가웠다. 하지만 기록의 욕구가 커질수록 사람이 사람에게 던지는 물음도 잦아졌다. 물음 뒤에는 답변에 대한 기대가 따라붙었다. 그 대답을 모아 만든 이야기가 글이 되고, 서사화된 삶들이 세상에 유통됐다. 유통된 삶들을 보고 있자니 어지럼증이 일었다. 삶이 저토록 정갈하게 재현될 수 있는 것인가.

폭력에 노출된 여성들의 기록 《맨발로 도망치다》[8]를 쓴 우에마 요코는 성폭력 사건을 겪은 아야의 기억을 두고 "그 때 그 사건은 그저 단편적인 조각으로 그곳에 있다"고 했다. "끼워 맞춰지지 않는 기억"은 인생 곳곳에 지뢰처럼 존재한다. 말이 되어 나오지 않는 기억도 있다. 해석과 언어적 표현이 불가능할 때, 기억도 사건도 조각이 되어 떠돈다.

기억의 틈새를 메울 방도를 찾는 것은 그의 평생 과제이다. 그 틈새를 메워 자신의 삶을 '이야기'로 만드는 행위를 두고 나는 인생이라는 영화의 편집권을 갖는 일이라 부른다. 해체하고 재구성하며 내 삶을 줄거리로 표현해낸다. 어떤 일은 삭제되고 어떤 의미는 강조된다. 장면을 선택해 가위질하고 해석이라는 자막을 다는 일이 한 편의 영화를 만드는 작업과 비슷하게 느껴질 때가 많다. 편집용 가위를 타인에게 내주지 않기 위한 갈등이 일상에서 벌어진다. 자신의 삶을

'서사화'하는 일이란 그래서 전쟁 같다. 덕분에 괴롭고, 그 덕에 나 자신으로 하루 더 살아간다.[9]

그래서 당사자가 스스로 메우지 않은 틈새를 기록자가 앞서 메우고자 할 때 일어날 일들을 염려할 수밖에 없었다. 기록자 또한 '더' 듣고자 하는 이야기가 있고 익숙한 이야기에 귀가 열리는 사람이기 때문이다. '아무도 쓰지 않는 이야기'를 듣겠다고 하지만, 기록자는 낯선 곳까지 가서 '흔한 이야기'를 듣고 온다. '낯선 곳에서 낯선 이야기를 듣고 싶어 하는' 독자의 욕망이 있듯, 기록자에게는 '낯선 곳으로 가 흔한 이야기를 듣는' 관성이 있기 때문이다. 아는 만큼 보인다고 했다. 시선이 가닿는 데까지가 자신의 세계다.

진실보다 중요한 것

인터뷰이도 세상과 기록자의 욕망을 안다. 알고 답한다. 그 행위에는 악의가 없다. 학습된 행동이고, 목소리를 키우는 전략이며, 때론 기록자를 도와주고 싶은 선의에 의해 연출되는 각본이기도 하다. 말하는 이가 기록자의 관성에 조력하는 것이다. 누구든 상대의 반응에 맞춰 이야기를 조율한다. 우리가 흔히 하는 대화도 마찬가지다. 이는 청자를 고려한 말하기이며, 소통에 대한 믿음이기도 하다. 믿음이 없다면 그가 나에게 와서 이야기를 시작할 이유가 없다.

그 믿음에 기대 이야기를 듣지만, 나는 그들이 진정으로 하고 싶은 말을 했다고 믿진 않는다. 그의 욕망조차 그 자신만의 것이 아니기에. 특정한 서사를 원하는 세상의 욕망에서 자유로운 사람은 없었다. '들리게 말해야' 들어주는 시늉이라도 하는 세상이다. 게다가 말하는 이는 유동한다. 한자리에 머무는 존재가 아니다. 기록자는 현장(그곳에 있는 사람 곁)에 머물고 싶어 하지만, 그곳을 살아가는 이들은 머물지 않는다. 오늘의 진실이 내일의 진실일 수는 없다.[10] 당연하게도 사람은 생물이기에 운동하고, 욕망도 그에 따라 변한다.

인터뷰이와 기록자, 모두가 욕망을 가진 채 운동한다. 이 유동하고, 조각나고, 때로 진실조차 아닌 이야기들을 (해석은 고사하고) 해독한다는 것이 가능할까? 기록 작업은 그래서 늘 막막하다. 이때 내가 지키고자 하는 욕망의 마지노선은 '이야기' 자체를 갈망하지 않는 것이었다. 흔하든 낯설든, 진실처럼 보이는 완결된 이야기를 원하지 않겠다고 다짐했다. 우리 인생이 늘 진실로 채워져 있지 않듯 말이다.

기록자는 진범을 찾아 헤매는 셜록이 아니다. 진실과 거짓을 판단 내리는 사람일 수도 없다. 무엇이 진실인지보다 중요한 것은 진실이라 불릴 만한 것을 숨기는 세계의 작동, 그 작동으로 인해 달라진 삶이었다. 아무도 쓰지 않는 이야기는 여기에 있었다.

응답을 기다리는 대화

내가 원한 것은 진실도, 서사도 아니었다. 고통을 원하지도 해피엔딩을 기대하지도 않았다. 그저 말을 원했다. 꼭 완결된 말일 필요도 없다. 말을 쉬는 타이밍, 생각을 가다듬는 헛기침, 침묵, 떨림. 이 모든 것이 섞인 '말'을 원했다. "몰라"도 좋고 "아니"도 좋았다.[11] 꼭 음성언어일 필요도 없다. 그가 '하고자 하는' 말을 내가 해독할 수만 있다면. 그래서 내가 그(들)의 대화에 동참할 수만 있다면. 그런 바람이 있었다.

그의 말을 제대로 알아듣고 이해하고 응답할 수 없다면, 그가 내게 해주는 무수한 말을 듣는 일이 무슨 소용일까. "모든 말은 응답을 기대하며 응답하기에 말이 된다."[12] 보고 듣고 느끼는, 모든 감각을 활용해야 하는 르포르타주를 쓰면서도 나는 가장 기본이 되는 말의 속성을 자주 잊었다. 아니, 그 응답이라는 것이 무엇인지 몰라 어찌할 바를 몰랐다. 때론 더 듣고자 했고, 어떤 때는 듣는 일을 멈췄다. 너무 많은 것을 물었기에 자책했고, 묻지 않았기에 한탄했다. 무엇을 들어야, 얼마나 알아야 응답할 수 있을까. 잘 듣는다면 응답할 수 있을까. 막연한 바람인 줄 알면서도 듣는 일을 멈출 순 없었다.

이즈음 내가 하던 기록 작업이 있었다. 후일 《퀴어는 당신 옆에서 일하고 있다》[13]라는 제목의 책으로 묶인 인터뷰 기록이다. 스무 명 남짓의 성소수자 노동자들을 만났다. 그들에게 '노동'을 물었다. 초고가 나오고 다시 만나 글을 앞에 두고 서로 생각을 나눴다. 이번에는 낯선 이야기도 흔한 이야기도 듣지 않겠다고 했다.

(이야기를 만드는 요소를) 묻지 않는 일은 생각보다 어려웠다. 그간 나는 취재를 하면서 인터뷰이들에게 왜 죽고 다치고 쫓겨나게 됐는지를 주로 물었다. '사연팔이'를 하지 않았다고 맹세코 말할 수 있으나, '읽히는' 서사로 만들고자 하는 욕구에서 자유롭진 않았다.

성소수자들에게도 죽음은 가까이에 있었다. 어떤 이는 "자연사가 꿈"이라는 작가[14]의 말을 인용하며 자신의 꿈은 '사고사'라고 했다. 스스로 목숨을 끊는 비율이 높다. '정신질환은 액세서리'라고 자조할 정도로 우울이 깊은 이들도 있다. 존재함에도 존재할 수 없으니 당연한 일이다. 이들의 사연은 폭력, 따돌림, 배제, 편견 같은 단어들로 채워져 있었다. 어쩌면 그것이 '낯선 곳에서(사람에게서) 듣는 낯선 이야기'일 수 있겠다. 하지만 인터뷰를 하며 이들에게 낯선 이야기도, 고통의 총체일 죽음에 대해서도 묻지 않았다. 내가 그들에게 듣고자 했던 것은 '낯선 생각'이었다.

나에게만큼은 충분히 낯선 생각으로 원고가 채워질 무렵, 인터뷰이인 우연이 내게 묻고 싶은 것이 있다고 했다. 원고를 검토하기 위해 만난 자리였다. d를 아냐고 물었다. 나는 고개를 저었다. 하지만 d의 이름은 알고 있었다. 몇 달 전 목숨을 스스로 끊은 이였다. 우연은 d를 인터뷰했는지 물었다. 아니라고 답했다. 우연은 d가 생전에 하던 말이 기록으로 남았으면 하고 바라는 눈치였다.

나와 그는 서로 곤란한 표정을 지었다. 내 쪽에서 물었다. 이걸 묻는 일은 처음이었다. "그런 소식을 들을 때면 어떤 생각이 들어요?" 막상 입 밖으로 꺼내니 별것 아닌 것처럼 들렸다. '그런'의 자리에 들어올 구절이 '목숨을 끊는 일'이었을 따름이다. 우연에게서는 오랜 침묵도, 다급함도 없었다. 그는 적절한 간격을 두어 대답했다.

"살아남아야지. 나는 죽지 말아야지."

우연의 표정은 다시 차분해졌다. 나는 여전히 곤란한 얼굴을 했을 테다. 이후 의미 없는 말들을 주고받으며 대화를 마쳤다. 그럼에도 나는 이날 우연과 나눈 말을 '대화'라고 부른다. 그의 내밀한 이야기를 들어서가 아니다. 우리 사이에 말의 주고받음이 시작되었기 때문이다. 질문과 답변이 아닌, 서로가 응답을 기다리는 말들. 나는 조심스레 문을 두드렸고 그는 자신의 언어를 해독할 열쇠 하나를 내게 주었다. 타인의 언어를 읽을 작은 열쇠였으나, 나는 어쩐지 그의 세계에 초대받은 기분이었다.

멍든 자국을 따라 그리는 이들

우리가 대화를 나누었으니, 이제 대화가 글이 되는 아름다운 순간을 맞을 차례다. 하지만 그런 순간은 도통 오지 않는다. 이날 대화를 나누었다고 해도, 그가 슬쩍 보여준 것은 삶의 토막일 뿐이다. 토막을 엿본 기록자가 그의 삶을 아는 척 적어내려야 한다. 그리고 여기에는 또 하나의 문제가 있는데, 기록자 역시 응답을 기다리는 사람이라는 것이다.

인터뷰이 말을 전한 기록자는 세상의 응답을 기다린다. 세상은 기록자가 읽어내린 방식으로 '그'를 읽는다. 이것이 세상의 응답이다. 그러니 기록자는 끊임없이 자신의 해석을 의심할 수밖에 없다. 내가 읽어내린 '그'를 붙들고 불안해한다. 그를 알지 못한다는 자책에 길을 가다가도 멈춰 선다. 그를 더 알기 위해 곁에 머물고자 하는 동시에, 기록자라는 위치에서 거리를 두고 싶은 욕망에 시달렸다. 혼란스럽던 나를 붙잡은 것은 '미우'였다.

《맨발로 도망치다》에 나오는 미우에게는 친구 쓰바사가 있었다. 쓰바사에겐 폭행당하는 일이 일상이었다. 미우는 쓰바사가 겪은 폭력(멍투성이 얼굴)에 평을 하지도 간섭하지도 않았다. 대신 화장품으로 자신의 얼굴에 쓰바사의 멍자국을 따라 그렸다. 두 사람은 같이 사진을 찍는다. 그제야 쓰바사는 웃었다. 세상의 모든 쓰바사에겐 미우 같은 존재가 필요하다. 곁은 그곳에 있다.

두 사람이 찍은 사진에는 미우가 세상을 겪어내는 방식이 담겨 있다. 그것은 두 사람이 연대하는 방법이었다. 기록자는 사진의 의미를 알아채는 사람일 뿐이다. 저자인 우에마 요코가 그 사진을 발견해 글로 가져왔듯이 말이다. 독해와 해독은 기록자의 '대단한 머리'가 아닌 이런 알아챔에서 나오는 것이 아닐까.

해석은 기록자의 몫만은 아니다. 내게 말을 들려준 이들이 보여주는 시선과 관계가, 미우와 쓰바사가 찍은 사진이 기록자인 나의 세계로 들어올 때 나 또한 다른 언어를 가지게 된다. 나의 세계 또한 그들에 의해 확장된다. 그러니 과도한 욕심을 버리고, 미우와 쓰바사가 만드는 풍경을 놓치지 않기 위해 걸음을 재촉할 뿐이다.

매일 술을 마신다는 나이 든 현장 노동자가 씩 짓는 웃음이 무엇을 뜻하는지 정확히 알 수는 없어도, 내가 가닿을 수 없는 낯선 곳을 슬퍼하지 않기로 한다. 그저 같이 웃는다. 돌아서 저이의 웃음 속에 숨겨진 시스템과 제도를 파악하려 애쓰며, 그가 짊어지고 가야 할 위험을 헤아리고, 이로부터 이득을 얻는 이를 생각한다.[15] 그럼에도 나이 든 노동자가 살아가는 힘에 대해 생각한다. 어느 날은 대놓고 물을지 모른다. 왜 웃느냐고. 나는 그를 모르니까. 당신이 내게 들려주지 않은 이야기가 무엇이냐고. 나는 그이의 삶을 모르나, 살아가는 이들이 저마다 지닌 통찰을 믿으니 당신이 세상을 바라보는 방식을, 그 해석을 들려달라고 할 것이다.

공간과 사건, 삶과 시대에 대한 해석을 들려주는 그에게나 또한 응답하려 한다. 세상의 응답을 받아내 다시 그이에게 응답을 돌려주는 꿈을 꾸기도 한다. 응답을 기대하는 말들 속에서 관계를 맺고, 관계를 맺었기에 현장으로 간다. 그런 의미에서 '발로 쓴 글'이라는 수식어에 새로운 의미가 담기길 바라본다.

손에 흙 묻혀 써야 한다면

어떤 사건이 일어난 공간으로 가서, 이 일을 당한 자에게 얼마나 억울하고 슬픈지 묻기를 원치 않는다. 그 공간을 기록자 스스로가 낯선 곳으로 만들기를 원치 않는다. 그들도 나도 같은 세계를 살아간다. 다만 나의 시선이 가닿지 못했을 뿐이다. 시야가 어두운 나를 돌아보며 그들을 애써 비추지 않으려는 세상에 대해 말한다.

오늘도, 누군가의 낯설고도 흔한 생각을 들으러 간다. 그리고 기다린다. 슬프고, 아프고, 내가 상상할 수 없는 감정마저 들려주기를. 듣고 싶어서가 아니다. 알고 싶어서다. 무너져 내리는 동시에 다시 세워지는 사람들의 세계를 알고 싶다. 그 세계를 올곧게 전할 자신은 없다. 말하는 그도 기록자인 나도 생물인 것과 꼭 같이, 글 또한 생물이다. 무엇이 나올지는 모른다. 다만 르포르타주와 같은 기록글을 쓰고 싶어 하는 이들에게 나는 이렇게 말하곤 한다.

"예쁜 도자기는 본다고 만들 수 있는 것이 아니다. 어차피 손에 흙 묻혀 써야 한다."

문제는, 기록이란 상대의 손에도 흙 묻히는 일이라는 것. 어떨 때는 잔뜩 흙이 묻은 상대의 손에 내 손을 가져가 그릇을 만드는 과정이기도 하다. 어차피 괴로움도 갈망도 흙 묻은 손으로 내가 감당해야 한다면, 화자의 손을 감싼 그 내 몫의 손만이라도 인간의 체온을 유지한 채 바지런히 움직여야겠다. 말하는 이의 세계와 기록자의 세계가 서로 얽혀 빚어진 기록이 나올 때까지.

2

인터뷰

'물으러' 온 사람이 아니다

타인의 이야기를 듣고자 하는 사람들은 '묻는 일'에 대해 궁리한다.

"어떻게 물어야 답을 잘 얻을 수 있을까요?"

그럴 때마다 도리어 나는 묻고 싶다.

"왜 당신은 묻는 사람인가요?"

누가 그에게 물을 자격을 주었는지. 그가 카메라를 든 기자나 저명한 대학의 연구자가 아니라서 하는 말이 아니다. 기록자가 자신을 묻는 자의 위치에 두었을 때 벌어질 일들이 염려되어서다.

사람들은 흔히 기록자가 들리지 않는 목소리,[16] 보이지 않는 사람, 주목받지 못한 삶을 발굴한다고 생각한다. 기록자가 찾아가는 사람은 세상이 관심 두지 않고, 누구도 궁금해하지 않는 이라고 여긴다. 하지만 내가 겪은 바로는, 기록자가 만나는 이는 '이미 너무 많은 질문을 받아버린' 사람이다.

나를 만나러 오기 직전까지도 '그'는 세상으로부터 끊임없이 질문을 받는다.[17] 내가 주로 기록하는 이들은 '싸우는 사람'인데, 이들은 싸움하는 내내 같은 질문을 받는다. "꼭 그렇게까지 해야 해?" 이 말을 가족이 하고, 동료가 하고, 지나가는 사람이 한다.

세상은 다르게도 묻는다. "꼭 그 말을 해야 해?" 질문을 받은 사람은 침묵하거나 속에 담긴 것과 다른 말을 꺼낸다. 그렇게 말문이 막힌 사람들을 두고 세상은 '소외된 사람' '목소리가 없는 사람' '보이지 않는 사람'이라 명명한다. 그제야 기록자는 '그'를 만나러 간다. 가서 묻는다. 자신이 그에게 첫 질문을 하는 사람이라 믿으며. 그러다가 깨닫게 된다. 자신 또한 세상의 질문과 다를 바 없는 말을 쏟아내는 사람이었다는 것을.

자신을 묻는 자로 상정한다면, 기록자의 역할은 어렵고도 혼란스럽다. 어쩌면 기록자는 저지르기 쉬운 잘못을 경계하면서도 매번 같은 잘못을 저지르는 사람이다. 그 혼란을 고백할 곳조차 없다면 얼마나 힘에 부칠까. 그래서 한 달에 한 번씩 모이는 자리를 만들었다.

한두 해 전부터 인터뷰를 하고 기록글을 쓰기 시작한 사람들이 주로 모인다. 각자 쓰는 분야는 달라도 자기 삶이건 타인의 삶이건 무언가를 기록하고자 하는 여성들이다. 우리는 모일 때마다 함께 책을 읽는데,[18] 책 이야기보다는 기록에 대한 저마다의 넋두리가 넘치곤 했다. 모임 사람들은 자주 웃다가 울었다. 눈물 보인 것이 민망해지면 농담을 던졌다. 읽는 책이 슬프기 때문이 아니다. 기록이라는 노동이 버거울 때가 있어서다. 여기서는 곧잘 눈물을 보이는 a가 (또) 운 날을 얘기해보려 한다.

기록자가 꿈꾸는 평등이란

a는 자신과 "어긋나게 앉은"[19] 이를 떠올리며 울먹였다. a보다 50년은 더 살았을 인물이다. a는 그를 '할머니'라 불렀다. 질곡의 한국 현대사를 정면으로 겪은 인물이었고, 그 굴레에서 살아남은 수많은 사람처럼 그이도 이름 석 자를 또렷이 남기지는 못했다. 그가 겪은 조작 간첩 사건을 다룬 기록이 있었으나, 그는 자신만의 기록이 필요하다고 요구했다. 그래서 a는 광주 '할머니'의 집 문을 두드렸다.

그러나 a는 질문할 수 없었다고 한다. 정확히는, a가 준비해간 질문이 아무 쓸모가 없었던 것이다.

"질문을 하면 할수록 무엇을 질문해야 할지 알 수 없게 되는 거예요. 갈수록 그 사람의 삶과 내 삶이 너무 다르다는 것을 알 수 있었어요. 그래서 종국에는 질문을 더 던질 수 없게 된 거 같아요."

반평생에 다다르는 세월을 사이에 두고 두 사람은 마주 앉았다. 그 시간의 간극을 모르는 것은 아니었으나, 막상 마주하니 할머니의 모든 것은 a가 가닿지 못하는 곳에 있었다. 이후에 a는 이렇게 썼다.

"나는 박순애의 삶에, 그 역사에 압도되어 있었다."[20]

a는 이 말을 하며 울었다.

"할머니의 태도나 말의 뉘앙스를 보고 알게 되었어요. 할머니가 직접 말하진 않았지만, '너는 이해 못할 거다' 하면서 다 말해주지 않는다는 것을요."

a는 할머니와 대화하고 싶었으나 그런 일은 일어나지 않았다. 그것이 그를 조바심 나게 했을까? 아니면 외롭게 했을까?

a에게 휴지를 건네면서도, 과연 기록자와 기록 대상이 되는 사람은 마주 앉을 수 있는 존재일까를 나 스스로에게 되묻지 않을 수 없었다. a의 할머니는 입버릇처럼 말했다. 누가 내 삶을 이해하겠냐고. 이것은 a가 너무 '어려서', 삶의 경험이 적어서 생기는 문제가 아니다. 고난과 질곡을 겪은 인물을 만날 때만 겪는 문제도 아니다. 한 중년 여성은 내게 말했다. 사적인 식사 자리였다. 대화 도중 그이는 할 말이 있지만 하진 않는다는 뉘앙스를 비추며 이런 말을 했다.

"우리는 평등하지 않으니까요."

그가 말하는 평등이란, 대단한 권력 차이를 의미하는 것이 아니었다. 그는 자녀가 둘 있는 기혼 여성이었고, 나는 1인 가구의 세대주였다. 서로의 처지가 다르니 당신에게 말해봤자 소용없다는 단정이었다. 차이는 높다란 벽을 만들고 '당신은 나를 알 수 없다'라는 눈길을 불러온다. 어디서나 벌어지는 일이다.

우린 모두 다르다. 그 다름을 때로는 숨기려 하고, 패싱[21] 하려 한다. 이렇게 패싱한 이들을 사람들은 뒤돌아보지 않고 지나치고 대수롭지 않게 여긴다. 그러다가 서로 다른 두 사람이 마주 앉으면 그제야 차이가 도드라진다. 마주 보기에 그 차이는 더욱 강렬하게 인식된다. 마주하지 않으면 관계를 맺을 기회조차 얻지 못한다.

a가 할머니와의 관계에서 얻고자 했던 평등과 이해는 성공하지 못할 기대였을지 모른다. 기록자가 애를 쓰지만 이뤄지지 않는 일. 대신 a는 이런 말을 했다.

"이건 할머니 이야기라서, 제 이야기를 쓰지 않으려고 노력했어요. 그런데 점점 할머니가 좋아지니 할머니에게 내 고민도 말하게 되고, 그러면서 글에 내 이야기를 할 수밖에 없어진 거 같아요."

할머니를 너무나 좋아하지만 다가갈 수 없었고, 그래서 어긋날 수밖에 없는 자기 이야기를 쓰게 되었다고 했다. a의 바람은 할머니가 모든 것을 다 이야기해주는 데 있지 않았을 것이다. a는 할머니에게 애정을 느낀 만큼 그를 이해하고자 했다. 타인을 이해하고자 한 시간만큼 왜 그를 그토록 이해하고 싶은지, 그런 자기 자신을 보려 애썼다. 할머니와 함께 나란히 걸을 수 없는 자신의 걸음을 돌아보는 일이었다. a가 바란 것은 어떤 변화다. 할머니의 말을 올곧이 이해할 수 있게, 할머니가 마주 앉은 그에게 이야기해줄 수 있게, 그 자신이 변하고 싶었는지도 모른다. 그래서 '나의 이야기'를 글에 담는다.

"할머니를 너무 좋아해서 자꾸 어긋났나봐요."

평등은 쉽게 이룰 수 있는 것이 아니다. 그럼에도 기록자는 포기를 모르고 이야기를 들려줄 사람을 찾아간다. 사람이 서로 만나면 무언가가 작동하기 때문이다. 그 작동이 관계가 되길 기대하며 타인을 만나러 간다.

인터뷰이가 배포를 보이는 순간

기록자는 인터뷰에 응한 이를 좋아할 가능성이 크다. 서너 시간을 꼬박 그의 목소리에 집중하고 돌아와서, 홀로 그보다 두세 배 긴 시간을 거쳐 다시 인터뷰이의 말을 듣는다. 그의 음성에 둘러싸여 몇 시간을 보내고 나면 마음이 몽글몽글해지는데, 이는 말하는 이의 품성이나 서사에 감동을 받아서만은 아니다. 그이가 인터뷰 내내 나에게 어떤 말을 해주기 위해, 자신을 설명하거나 보여주기 위해 애썼다는 사실이 느껴지면서 영문 모를 고마움이 올라온다.

나는 b가 모임에서 한 말이 좋았다.

"말을 해주는 사람도, 그걸 받아 적는 사람도, 두 사람 다 그 자리에서 굉장히 애를 쓰는 거잖아요."

b는 발달장애인을 지원하는 일을 했다. 일을 시작할 때만 해도, 자신은 젊고 글을 다룰 줄 아는 사람이니 지원 대상자에 대해 기록해볼 생각이 있었다. 그러나 일은 고되고, '멘탈'은 언제든 '나갈' 태세였다. 돈 버는 일이 그랬다. 그 노동을 하며 b는 오히려 자신이 인터뷰이 자리에 서는 일을 겪었다. 그가 한 경험이 하나의 '사례'가 되는 순간이었다.[22] 그때 b는 이런 생각을 했다고 한다.

"말하는 사람 입장에서 (기록을 허락한다는 건) 굉장히 배포가 커야 하는 일이구나."

자신의 말이 일정 부분 훼손되거나 사라질 것을 감수해야 하기 때문이다. 나의 말 전부가 고스란히 상대에게 전해질 순 없다.

"내 이야기를 남의 입을 빌려 한다는 게 엄청 조바심이 나는 일이잖아요."

b는 상대에게 자기 이야기를 하는 것을 "내 패를 보여주

는" 일이라고 했다. 나보다 현저히 적은 정보를 내놓는 기록자 앞에서 나의 패 대부분을 드러내야 한다.

"내가 필요해서 만났어도 타인 앞에서 패를 깐다는 것은 두려운 일인데. 그게 남의 손을 빌려 기록된다고 할 때, 이걸 누가 보면 어떻게 하지? 어디까지 쓰는 것을 허용해야 하지? 그럼에도 기록을 허락한 건, 내 이야기를 들어준 사람에게 빚을 갚는다는 느낌도 있고. 또 글은 저 사람의 노동의 산물이기도 하니까. 나중에 글을 볼 때 이 부분을 엄청나게 고쳤으면 좋겠다는 말을 해도 될지. 여러 상황을 고려해서 계산하게 되더라고요."

관계와 위치 등 여러 가지를 계산한 끝에, 인터뷰에 응한 이는 배포를 보인다. 그래, 괜찮아. 실은 자신을 다독이는 게다.

"내 이야기를 들어준 사람에 대한 믿음이 있으니까, 일정 부분 훼손을 감수하고. 그래, 괜찮아. 그런 마음을 먹는 거죠."

말하는 이는 여러 경우를 계산하고, 배포를 부리고, 자신을 다독인다. 그 맞은편에 앉은 기록자는 인터뷰이의 판단이 끝나기를 기다리고, 그가 입을 다물까 조바심을 내고, 그 침묵을 기다리지 못한 자신을 책망한다.[23] 그렇게 애를 쓰며 말을 만든다.

사람들은 흔히 기록노동을 목소리 없는 이에게 목소리

를 되찾아주는 행위라고 여긴다. 기록되는 이는 말을 하고, 기록자는 그 말을 세상에 내보일 만한 유의미한 언어로 해석하고 창조한다는 것이다. 빈약한 상상이다. 어떤 이를 언어가 없는 자, 말할 수 없는 자로 상정한다면, 아무 이야기도 들을 수 없다. 들었다고 착각하는 자신만 남을 뿐이다.

기록자는 그 누구도 주지 않은 기록(인터뷰)의 권한을 스스로에게 부여하고 만남의 자리로 간다. 시작이 어떻든 인터뷰 과정에서 깨닫지 않으면 안 된다. 서로가 얽혀 애를 쓰는 과정에서 말이 만들어진다는 것을. 나는 여기 '물으러' 온 사람이 아니라는 사실을.[24]

발달장애인 활동지원사로 일을 해온 b는 언어의 독립성과 고유성을 의심하게 되었다.

"언어장애를 겪는 분들과 대화를 할 땐, 다 같이 추측을 하며 대화에 참여하는 거예요. '못 알아들었어요. 다시 말해주면 안 돼요?' 말이 전달 과정에서 다시금 만들어지는 거예요."

그 말이 모자라서 채우는 것이 아니다. 언어는 원래 공동의 것이다. 홀로 고유하고 독립적인 언어를 지닌 사람은 없다. 언어는 기필코 무언가로부터 영향을 받는다. 말은 무엇으로든 해석되고, 전달되고, 이어지고, 그리고 다시금 만들어진다. 언어는 사람 사이에서 작동하고, 그 작동이 다른 무언가를 만들 것이라 희망하면서 우리는 누군가에게 말을 건다. 인터뷰는 질문하고 답하는 작업이 아니다. 서로가 말을 건네는 일이다.

누군가의 청중이 되는 일

말을 건네다보면 기록자와 기록대상자(인터뷰어와 인터뷰이)는 서로에게 청중이 된다. c는 우리가 읽던 책에서 '청중'이라는 단어를 골라잡았다. 세상은 c를 '당사자'라 부른다. 때론 '소수자'라 불렀다. 그에게 글쓰기는 "'아니요'라고 말해도 되는지 가늠하는 자리"[25]였다. 세상은 그를 '보편'에 넣어주지 않았다. 그런 까닭에 그는 늘 청중을 염두에 두고 말했고, 글을 쓸 때도 마찬가지였다.

우리는 그의 글 작업을 응원했는데, 그가 '당사자'이기 때문이 아니라 그의 글이 '다른 이야기'를 하고 있기 때문이었다. 세상은 당사자가 하는 경험을 모르면서도 당사자에 관해 이야기한다. 그래서 당사자들은 스스로 기록자가 되려고 한다. 당연한 욕망이다. 하지만 c는 여기에서 그치지 않았다.

c는 기록자를 이렇게 불렀다. '나'를 들어주는 사람.

"지지해주는 사람이 생기니까, 제 이야기를 할 용기가 생겼거든요. 그전까지는 아무도 나를 이해하지 못할 거고, 이건 내가 끌어안고 가야 하는 나만의 문제겠거니 했는데.

그 이야기를 했을 때 받아주는 청중이 있다는 것이 고맙고 따뜻하고 든든한 일인 거예요. 들어주는 행위가 혼자 갇혀 이야기하는 사람을 꺼내줄 수 있는 거예요."

그 또한 누군가의 청중이 되고 싶었다.[26] 그는 자신의 이야기를 글로 쓰며 지난날의 자신과 닮은 시간을 보낸 사람들을 찾았다. 그들에게 가서 "당신의 이야기를 경청하겠다"고 말하고 싶었다. 애를 쓰다가 고개를 돌려 우리에게 물었다.

"우리가 어떻게 청중의 존재를 만들어갈 수 있을까요?"

서로의 말을 경청하는 노동

서로가 서로에게 청중이라는 존재가 되어준다는 것. 그것은 세상의 높고 낮음에 의해 말문이 막혔던 이들이 서로 '발화 공간'을 만들고 지켜주는 행위이다. 하지만 이것은 누군가를 '위해' 어떤 '자리'를 만드는 일이 아니다. 발화 공간이란, 어떤 광장이나 높은 연단에 존재하는 것이 아니다. 누군가 빼앗긴 목소리를 되찾아낼 수 있는 공간은 사람과 사람 '사이'이다.[27] 그 사이를 말하기와 듣기로 채우는 일이 우리의 과제였다.

하지만 청중 되기란 생각보다 어려운 일이었다. 우리는

우리가 c의 청중이라고 생각했다. c가 한 말을 온전히 안다고 생각하진 않았지만, 그의 말을 듣고 있다고 생각했다. 그러나 그날 '모두'가 눈물을 흘리던 모임 자리에서, c만은 울지 않았다.

애초에 '모두'라는 말은 해당하지 않았다. 우리는 몰랐지만 그는 두어 시간 동안 이곳이 자신의 '다름'을 드러내도 되는 자리인지를 가늠하고 있었다. 몇 번의 농담이 울지 않는 자신을 스쳐간 후, c는 말했다. 자신은 감정을 다스리는 약을 먹고 있고 그래서 울 수 없다고. 슬픈 감정을 느끼지 못한다고. 자신의 것이 아닌 감정 표현 때문에 소외되었던 자신의 경험을 말했다.

c는 가끔 "약을 먹어서"라는 말을 서두에 붙였다. 그는 그렇게 말했지만 나는 알아듣지 못했다. c는 자신이 느끼지 못하는 사람들의 감정을 더듬고 이해하려 애쓰는 데 많은 에너지를 쓴다고 했다. 이 또한 자신에게는 노동이라고 했다. 그 노동은 성실했다. 자신을 평범하다고 생각하는 사람들이 자주 잊는 노동이었다.

나는 타인의 노동에 관해 듣길 원하는 사람이었고, c에게 그의 노동을 들려주어서 고맙다고 했다. 그리고 그동안 듣지 않아서 미안하다고 했다. 그가 하는 노동은 기록의 자리에서 내가 하는 노동과 흡사했다. 더듬는 일, 이해해보려고 애쓰는 일, 그러기 위해 말을 건네는 일.

나는 이날 우리가 서로의 노동에 한 걸음 더 다가갔다고 믿는다. 먹고살기 위해 밥을 벌어오는 노동은 아닐지라도 "끊임없이 말하고 끊임없이 들으며 서로를 지켜"[28]내어 생존하게 하는 그것, 기록이라는 노동을 통해서 말이다.

1 잠입 취재로 유명한 르포작가로, 1961년 출범한 노동자들의 글쓰기 모임이자 노동 문제를 다룬 작가들의 결속체인 '61그룹'의 대표 멤버였다. 국내에는 《가장 낮은 곳에서 가장 보잘 것 것 없이: 르포기자 귄터 발라프의 인권 사각지대 잠입 취재기》(서정일 옮김, 알마, 2012), 《암행기자 귄터 발라프의 언더커버 리포트: 세계화가 만들어낸 멋진 신세계 탐험》(황현숙 옮김, 프로네시스, 2010) 등의 대표작이 번역되어 있다.

2 희정, 《노동자, 쓰러지다: 르포, 한 해 2000명이 일하다 죽는 사회를 기록하다》, 오월의봄, 2014.

3 르포르타주reportage는 기록문학이라고도 한다. 국내에서는 사회 현상이나 사건에 대한 단편적인 보도가 아니라 보고자reporter가 자신의 식견을 배경으로 심층 취재하여 기록한 글 정도로 정의되고 있다. 이때 "어떠한 '사실'을 택하고, 어떠한 '관점'에서 접근하고, 어떠한 '방법'으로 재현할 것인가"(장성규, 〈르포문학 장르 개념 정립을 위한 질문들〉, 《작가들》 70, 2019년 가을, 136쪽)가 기록자에게 과제로 남는다.

4 야스다 고이치, 《거리로 나온 넷우익: 그들은 어떻게 행동하는 보수가 되었는가》, 김현욱 옮김, 후마니타스, 2013

5 "왜 썼느냐는 질문에 답하자면, 첫째 아무도 안 썼기 때문이고, 둘째 아무것도 쓰지 않는 미디어에 대한 반발 때문이었으며, 셋째 일본 사회에 대한 위기감 때문이었습니다." 〈한중일 르포작가들과의 대화: 김순천, 천구이디, 야스다 고이치〉, 《작가들》 54, 2015년 가을, 125쪽.

6 원래의 문구는 이러하다. "노동자가 일하다 죽는 사회보다 더 문제는, 노동자가 일하다 죽는 것을 당연하게 여기는 사회다." 희정, 《노동자, 쓰러지다》, 58쪽.

7 촛불, 광장, 페미니즘 리부트, 플랫폼과 SNS의 빠른 확산. 새로운 공간과 언어의 발견은 최근 몇 년 사이 사람들을 뒤흔들었다. 자신의 언어가 놓일 공간이 만들어졌을 때, 사람들은 말하고 그 말에 의미를 부여하는 작업을 할 수 있게 된다. 다른 한편으로는, 4·16 세월호 참사 등 일련의 사건과 비극을 접하면서 시스템에 순응해 '가만히 있으면' 결국

어떤 운명에 처하는지를 보았기 때문이리라. 무엇인가를 해야 한다는 의지가 기록이라는 행위를 추동한 것이 아닐까.

8 우에마 요코, 《맨발로 도망치다: 폭력에 내몰린 여성들과 나눈 오랜 대화와 기록》, 양지연 옮김, 마티, 2018.

9 조각난 기억들을 배열해 '공유 가능한' 언어로, 아니 이야기로 재현하려는 시도는 기록자만 하는 것이 아니다. 모든 이가 한다. 살아온 경험을 이야기로 만드는 과정은 삶에 대한 해석을 동반한다. '왜 나에게 이런 일이!' '내가 왜 그랬지?' 같은 단발적인 비명도 삶을 해석하기 위한 시발점이 된다.

10 이에 관한 재미있는 일화가 있다. 구술 작가 최현숙의 대담 글에 나오는 내용이다.

"엄마가 태몽 이야기를 하는데 자기가 시집와서 얼마 안 되어 오빠를 임신했을 때, 산신령이 네가 아들을 하나 낳고 딸을 하나 낳을 건데 아들은 윤재라고 하고 딸은 현숙이라고 이름을 지으라고 알려줬다는 거예요. 이 이야기는 제가 어렸을 때도 계속 들어왔던 이야기예요. 그런데 이 양반이 요즘 치매에 걸렸어요. 여든여섯 정도 되셨는데 요즘 물어보니까. '야, 무슨 산신령이 딸 이름을 알려주냐' 하시는 거예요. 아들 이름만 알려줬다는 거예요. 이 양반 옛날에 말한 게 전략적인 것이죠. 지금은 그 전략을 유지하기가 안 되는 것이죠. 이런 식의 전략적인 것들이나 기억의 변형이 계속 있어요. 끊임없이 경험도 바뀌고 해석도 바뀌는 거예요." 최현숙, 〈구술생애사의 쓸모: 최현숙의 《할배의 탄생》〉, 《작가들》 66, 2018년 가을, 143쪽.

최현숙 작가의 어머니는 태몽의 내용조차 시절과 상황에 따라 변동시킨다. 딸이 섭섭해할 것 같으니 꾸지도 않은 태몽을 꾸며냈다. 세월이 흘러 이제 별로 아쉬울(?) 것이 없을 때가 되자 사실을 말한다. 그러나 이 또한 진실이라 할 수 있을까? 설사 딸에 대한 태몽을 꾸었다 하더라도 아들을 암시하는 꿈을 더 잘 각인하도록 가부장제 사회의 문화적 요소가 기억에 영향을 미쳤을 것이다. 기록자는 사실과 진실이 무엇인지 모른다. 다만 '진실이라 믿는 것'을 만들어내는 세상을 살필 뿐이다.

11 "유카는 왜 안 갔어?" "그냥 잤어." "휴대전화로 사진 찍었네?" "엄마. 엄마한테 찍어달라고 문자 보냈더니, 보내줬어." 이는 《맨발로 도망치다》에서 저자 우에마 요코와 유카가 나눈 대화이다.(33쪽) 유카는 자신이 낳은 아이의 생일잔치에 초대받지 못했다. 대상자들은 '몰라, 아니, 그냥, 잤어'와 같은 단어를 반복 사용하지만, 그 의미는 우리가 아는 일상어와는 다르다. 그 단어의 속내를 파악하는 것, 이를 독해할 수 있을 만큼 화자의 언어를 이해하고 대화하는 작업이 요구된다.

12 "언어는 바로 이 공동의 집인 세계를 짓는 도구이다. 이렇게 말로 세계를 짓기 위해 가장 중요한 것이 응답이다. 모든 말은 응답이다. 그렇게 말이 시작되면 들은 사람은 그 말에 응답한다. 모든 말은 응답을 기대하며 응답하기에 말이 된다." 엄기호, 《고통은 나눌 수 있는가: 고통과 함께함에 대한 성찰》, 나무연필, 2018, 13쪽.

13 희정, 《퀴어는 당신 옆에서 일하고 있다: 당신이 모르는, 그러나 이미 알고 있는 사람들》, 오월의봄, 2019.

14 "나의 꿈은 '행복한 자연사'라고 말하곤 하는데, 당신의 꿈은 어떤가요? 나는 이렇게 사는 삶의 지극히 평범한 보통 인생을 반드시 이 사회의 기록에 남겨놓고 싶거든요. 익숙한 모습의 아줌마로, 할머니로, 어디에서나 마주칠 수 있는 이웃으로의 삶을 남기고 싶어요." 김비, 〈모두의 나라를 지키고 싶은 변희수 하사에게〉, 《한겨레》, 2020. 4. 11.

15 "위험이 만성화되고 일상화된 사회에서 권력은 위험을 얼마나 피할 수 있는가를 결정한다. 권력은 재난으로부터의 거리다. 홍수가 나면 만성적으로 침수되는 곳에 사는 사람과 그 홍수를 텔레비전으로 보며 '걱정이야' 하고 읊조리는 사람의 차이가 바로 재난 시대에는 권력의 차이다." 엄기호, 〈권력, 책임으로부터 도망가다〉, 《시사IN》 631, 2019. 10. 24.

16 '목소리'는 기록(활동)을 논할 때 자주 등장하는 단어이다. 목소리를 내는 일을 언어를 만드는 과정이라고 말하고, 목소리가 언어가 되기 위해 무엇이 필요한지를 논하기도 한다. 하지만 목소리라는 상징으로 언어와 기록을 논하는 일은 우리 사회가 얼마나 '음성언어' 중심인지를

보여주기도 한다. 농인과 코다의 언어인 수어는 목소리가 없다는 이유로 '언어'로 인정받지 못한다. 나 역시 이 책에서 목소리라는 단어를 사용하며 눈(보다), 귀(듣다), 입(말하다)에 대한 비유를 자주 썼다. 이러한 표현들을 대체할 언어가 없기에 한계를 알면서도 사용한다는 점을 밝힌다.

17 세상이 던지는 질문이 지닌 통제의 속성을 리베카 솔닛은 이렇게 표현했다. "우리를 무리 속으로 몰아넣고 우리가 무리로부터 벗어날라치면 물어뜯는 질문, 질문 속에서 이미 답이 포함되어 있으며 실은 우리를 강제하고 처벌하는 것이 목적인 질문이다." 리베카 솔닛, 《여자들은 자꾸 같은 질문을 받는다》, 김명남 옮김, 창비, 2018, 55쪽.

18 이날 우리가 모임에서 읽은 책은 안미선 작가가 쓴 《당신의 말을 내가 들었다》이다. 인터뷰와 기록에 관한 사유가 담긴 이 책이 있었기에 모임 참가자들도 마음을 열고 이야기를 나눌 수 있었다.

19 "우리는 매번 어긋나게 앉아 있다. 말하는 이는 상대를 보고 이야기를 재구성하고, 듣는 이는 둘 사이에 놓인 차이를 목격한다." 안미선, 《당신의 말을 내가 들었다: 인터뷰》, 낮은산, 2020, 111쪽.

20 a가 쓴 원고의 일부를 가져온다. "알지도 못하면서 남의 삶을 듣고 대화하고 싶다고 덤벼들었다는 생각을 했다. 녹취록을 풀지도 책을 읽지도 못했다. 만성 우울과 무기력이 더 심해졌다. '쓰지 못하면 어쩌지?'란 공포는 우울과 무기력에 끊임없이 양분을 공급했다. 나는 내가 생각나서 쓰는 것이 아니라 쓰기 위해서 생각하는 거 같아서 노트북 앞에서 착잡한 심정으로 몇 시간을 보낸 적도 있다. 한 줄도 쓰지 못한 날도 많았다. 나는 박순애의 삶에, 그 역사에 압도되어 있었다." 김혜미, 근간.

21 패싱passing. 어떤 사람을 특정 사회 집단의 구성원으로 여기게끔 외양과 행동을 위장하는 일을 뜻한다. 《퀴어는 당신 옆에서 일하고 있다》에서는 패싱을 이렇게 표현했다. "누구도 가던 걸음을 멈춰 뒤돌아보지 않도록 '그들처럼' 보이는 일."(32쪽)

22 b가 한 인터뷰의 일부를 담는다.

"저는 활동지원사도 경험을 해봤고, 근로지원인으로도 일을 하고 있는데요. 사실 활동지원사 같은 경우는 '보조'에서 '지원'으로 단어를 바꾸기는 했지만, 여전히 돌봄을 제공하는 보호자 느낌이 강하죠. 하지만 피플퍼스트센터에서는 나이 상관없이 이름을 부르고 평등을 지향해요. '조력자'라는 말을 장애계에서 많이 사용하려고 하고 있어요. 단순히 도와주는 것을 넘어 같은 사회 시민으로 인정하기 위한 말이니까요. 비장애인이 장애인을 차별하는 일만을 떠올리기 쉽지만, 활동지원사와 장애 당사자 간의 위계도 존재해요. 위계를 없애는 게 중요하다고 생각합니다. 그리고 말씀하신 것처럼, '좋은 일 한다는 말'을 저는 정말 싫어해요. '돈은 안 되지만 너는 장애인을 도와주니까, 착한 일 하네' 이런 시선이 있거든요. 그런데 우리가 변호사나 의사한테 그 말을 하진 않잖아요. 전문성을 인정하지 않는 느낌이에요." 소란, 〈자리는 대체할 수 있지만, 사람은 대체할 수 없잖아요: 인터뷰이 하은, 인터뷰어 태린〉, 2020. 9. 12, https://brunch.co.kr/@oursoran20s/25.

23 "말이 삶을 앞서지 않는다는 걸 알면서도 말로 그 삶을 전해달라고 채근하는 나 자신을 책망하기도 한다. 기다리며 속으로 묻는다. 이 침묵 끝에 어떤 이야기가 나올까." 안미선, 《당신의 말을 내가 들었다》, 92쪽.

24 "인터뷰 과정에서 저널리스트의 역할은, 단지 묻고 듣고 기록하는 것만이 아니다. 인터뷰가 이루어지는 현장은 한 사람의 정체성이 다른 사람의 정체성과 만나 교류하고 부딪히며 소통하는 공간이다. …… 그 과정은 서로에게 자극이 되고 스스로의 생각과 가치관을 돌아보며 확장시키는 계기가 된다." 조이여울, 《나는 뜨겁게 보고 차갑게 쓴다: 세상과 사람과 미디어에 관한 조이여울의 기록》, 일다, 2013, 122~123쪽.

25 안미선, 《당신의 말을 내가 들었다》, 95쪽.

26 c가 쓴 글의 일부를 가져온다.

"사회에서 늘 시선의 따가움에 지쳐 있던 내게, 이곳은 출구와 같았다. 내 몸의 상태와 나의 망상과 나의 환청, 그런 것들이 대화의 자연스러운 소재가 되고 소통의 도구가 되어 그것으로 관계가 다정해지고 깊어진다는 것이 놀라웠다. 늘 너는 이상해서 무슨 소리를 하는지 모르겠다는 말을 듣던 내게 이들이 주는 위로는 감미로웠다. 소통의 부재로 말을 잃고 살아가던 나는 조금씩 말을 트기 시작했다. 나의 아픔에 대해, 상처에 대해 말하기 시작한 것이다. 판단받지 않고 이렇게 자신의 이야기를 하는 공간이 있다는 것, 그리고 그것이 서로에 대한 이해를 열고 서로를 따듯이 품어주는 삶이 될 수 있다는 것을 경험하며 나는 서서히 변해갔다." 목우, 〈우리의 두려움과 상처는 누군가에게 빛이 되어줄 것이다〉, 일다, 2020. 2. 21.

27 김애령은 아렌트가 쓴 "말과 행위가 이루어지는 장소, 즉 한 개인이 '인간'으로 등장하고 출현하게 되는 공간은 바로 사람들 사이in-between"(한나 아렌트, 《인간의 조건》, 이진우 옮김, 한길사, 2019, 243쪽)라는 구절을 들며 말과 행위가 이루어지는 장소는 사람들 사이이며, 사람을 지향한다고 언급한다. 김애령, 《듣기의 윤리: 주체와 타자, 그리고 정의의 환대에 대하여》, 봄날의박씨, 2020, 35쪽.

28 안미선, 《당신의 말을 내가 들었다》, 202쪽.

2부

오늘, 인터뷰를 망치다

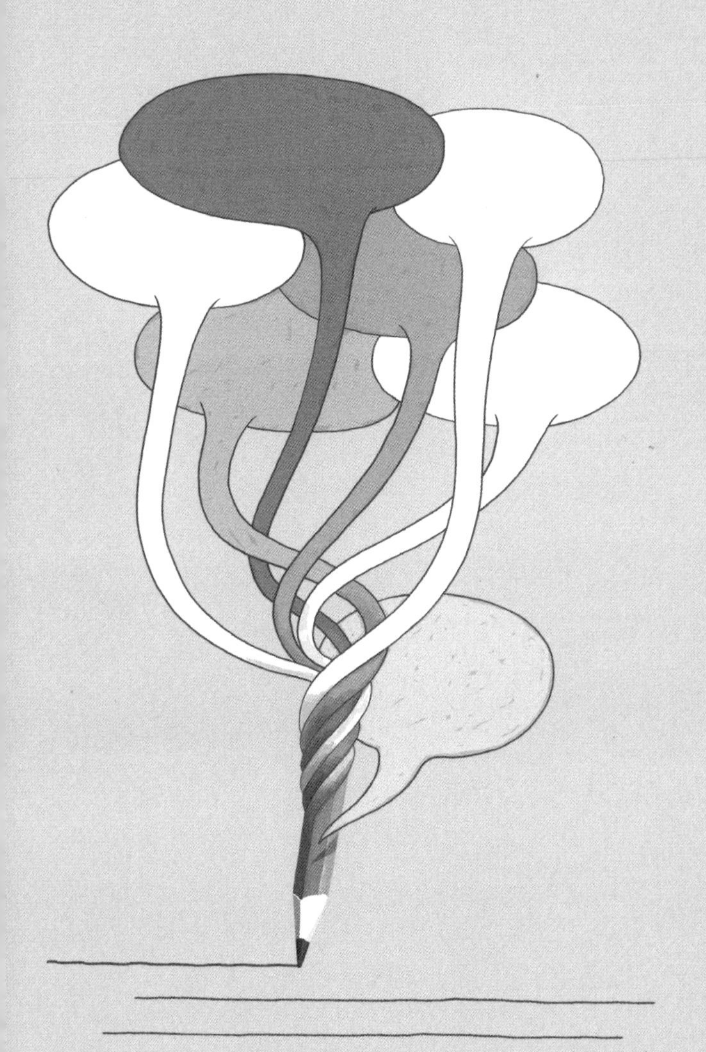

1

외국어는 다 영어인 줄 알지

기록을 하는 사람에게는 인터뷰를 망칠지도 모른다는 걱정이 도사린다. 하다못해 버튼을 잘못 눌러 인터뷰 내용이 하나도 녹음되지 않을지도 모른다. 이것은 기록자들이 한 번씩은 겪은, 무서운 일이다. (두 개 이상의 녹음 기계를 사용하길 권장한다.) 때론 내가 아무런 잘못도 하지 않았는데 상대가 도무지 인터뷰를 할 수 없는 상태로 나타나기도 한다. 운이 나빴다.

인터뷰를 망치는 일은 교통사고와 같다고 할 수 있겠다. 한눈을 팔아 망치고 지킬 것을 지키지 않아 망친다. 안전 운전을 해도 사고는 난다. 상대방 차가 전속력으로 달려오기 때문이다. 취재 현장에서 이뤄지는 인터뷰는 그럴 가능성이 더 크다. 현장에는 기록자가 통제할 수 없는 상황이 만연하다.

하지만 도로가 무법천지가 아니듯 실제로 인터뷰를 망치는 일은 적다. 상대도 나도 준비를 하고 나오기 때문이다. 정돈된 답과 질문은 아니어도, 말해야(들어야)겠다는 마음이라도 다잡고 온다. 그 마음이 인터뷰를 지속시킨다.

무례한 통역자

인터뷰는 관계의 문제이기도 한데, 관계를 망치는 일은 의외로 쉽지 않다. 사람 사이에는 기회가 있다. 서로가 동등하다면 말이다.

그래, 사고는 서로가 동등하지 않음이 과하게 드러날 때 일어난다. 두 사람 사이에 복잡하게 얽힌 힘이 충돌하여 생긴 사고는 녹음기가 꺼진 것과는 비교할 수 없는 내상을 입힌다. 인터뷰를 망친 어떤 날이 있었다. 나는 폭력을 당했다고 생각했다. 그는 무례했고, 그가 윽박지를 수 있던 이유는 명료했다. 내가 여자여서. 심지어 자신보다 나이가 어리고 공적인 권력이 없어 보이는 여자여서.

물론 그와 나 사이의 권력을 저울로 잰다면 성별만이 기준이 되진 않을 것이다. 한국 사회 안에서 나는 자국민이고 그는 이주민이었다. 나는 날 때부터 이 나라의 국적을 소유했다는 이유만으로 성원권成員權을 가졌다. 가계를 거슬러 올라가면 그의 조상은 기근에 시달리다가 러시아 국경을 넘은 조선인이었다. '동포'라는 호명 덕에 타국의 이주노동자보다 한국에 정착할 수 있는 여지가 조금 더 넓은 사람이었다. 그와 같은 이들을 한국 사회는 '고려인'이라 불렀다.[1]

그 개인을 보자면, 다른 고려인들보다 상대적으로 한국말이 유창해서 조금 더 힘을 누리는 편이었다. 고려인들은 대개 러시아어를 사용했다. 서툰 한국어는 국내에서 이들의 입지를 좁게 만들었다. 주야간 맞교대 10시간, 12시간 노동을 하다보면, 한국어를 익힐 시간도 없다. 일상에서 필요한 한국어는 센터나 종교 기관의 도움을 받거나 이 자리에 나와 있는 그처럼 한국말을 제법 하는 동료가 통역을 해주곤 했다.

통역자가 부족했던 터라, 인근에 사는 고려인이 통역을 해준다고 했을 때 반가운 마음이 들었다. 이주민 관련 센터나 단체 활동가들이 바쁜 시간을 쪼개 통역을 해주던 참이었다. 그가 있다는 식당으로 갔다. 듣기로 식사를 하고 있다고 했는데, 막상 가보니 테이블에는 술병이 올라와 있었다.

술자리를 끊고 온 것이 불만이었는지 그는 줄곧 사람을 불편하게 만들었다. 게다가 통역에 앞서 자기 생각을 말하기 바빴다. 인터뷰를 하는 틈틈이 통역자를 제어하고, 말이 통하지 않은 인터뷰이의 표정을 살피며 나는 인터뷰가 망해가고 있음을 인정할 수밖에 없었다. 예순 가까이 되는 인터뷰이는 이제 겨우 학창 시절 이야기를 하고 있었다.

그때 내가 이 말을 했다.

"제1외국어로 독어를 배우셨다니 신기하네요. 영어는 외국어 과목에 없었나요?"

내가 왜 그랬을까. 지금도 하는 생각이다. 이 질문 때문에 사달이 났다. 통역하던 그가 항의를 한 것이다. 요약하면 이렇다. 한국인들은 미국 사대주의라 외국어는 다 영어인 줄만 알지. 당신들이 영어 하나 배우고 있을 때, 우리는 유럽 각국 언어를 배웠다. 옳은 소리다. 하지만 이 옳은 말을 전하는 방식이 거칠었기에 나는 지켜오던 예의를 내려놓았다. 나 또한 그에게 불편한 감정을 표현했다. 이후 이어진 인터뷰에서는 자리를 마무리짓기 위한 형식적인 질문과 답이 오갔을 뿐이다.

그날 집으로 가는 전철 안에서 나는 자책과 분노에 시달렸다. 더 비중이 큰 쪽은 자책이었다. "독어를 배우셨다니 신기하네요"라고 한 말을 곱씹었다. 내 인터뷰이는 러시아권 나라에서 자란 사람이다. 무지한 질문이 맞았다. 무지는 무례로 이어지기 마련이다.

무지한 기록자

고려인에 관한 자료를 꽤 들여다보고 갔는데, 그 자료들은 하나같이 우리가 한 민족이라고 했다. 우리 민족의 풍습이 고려인 생활 곳곳에 남아 있다고 했다. 하지만 실제로 마주한 고려인들은 정작 내게 외국인과 다를 바 없었다.

물론 그들의 뿌리는 무시할 수 없는 것이다. 압록강을 넘어 연해주, 시베리아를 가로질러 중앙아시아로, 그곳에서 다시 조상들의 나라인 한국으로. 땅에서 뽑혀나간 뿌리가 부유하는 과정을 좇다보니 그 역사를 제대로 모르고 있었다는 사실에 부채감을 느꼈다. 하지만 내가 두리뭉실 느낀 부채감과 별개로 서울 도심에서 지하철을 타고 한참을 가 경기도 변두리 동네에서 만난 고려인들은 무척이나 이질적이었다. 나와 전혀 다른 언어를 썼고, 자라온 환경도 달랐다. 얼굴이 닮았다고 하지만, 200여 민족이 한데 어울려 사는 곳에서 온 이들에게 피부색과 생김새가 비슷하다는 이유로 동질감을 느껴야 한다고 하긴 애매했다.

무엇보다 이들이 지닌 습성, 가치관, 지향을 파악할 수 없었다. 고려인들에게 이러한 특징이 있고 이들은 무엇을 중시하며, 러시아 문화권에서 어떤 이질감과 동질성을 지니고 살았는지 알려주는 이가 없었고, 그렇다고 단 몇 가지 질문을 통해—그것도 통역하는 이를 가운데 두고—알 수 있는 것도 아니었다.

같은 선조를 가졌다고 무조건 '우리'가 되는 것은 아니라고 생각하지만, '우리 민족'말고는 다른 키워드가 없던 나는 이들에게 자꾸 물었다. "한국에 오고 싶으셨어요?" "막상 한국에 오니 어떠셨어요?" 이해가 없다보니 이상한 질문을 했다. 이들에게 한국은 무엇일까. 고국일까? 고향일까? 이주 일자리일까? 조상 대대로 살아온 곳이 고향이라면, 어느 시점부터 조상을 따져야 하는 것일까? 마음에 간직한 정든 곳이 고향이라고 할 때 이들에게 최저임금도 주지 않는 한국이 그런 곳일 수 있을까? 그들은 자꾸만 조부모에게 들은 한국(아니 조선)이 깨끗하고 아름다웠다고 하는데, 조선은 기근에 시달린 사람들이 푹푹 쓰러졌는데도 과도한 세금을 매기던 나라였다. 그들의 선조들은 살기 위해 압록강을 넘었다.

그들이 한국에 와서 좋다고 하면 왠지 거짓일 거라 지레 짐작했다. 활동가까지 동석해 서너 명이 북적이는 인터뷰 자리는 판단과 계산이 오갈 수밖에 없는 공간이었다. 그들이 한국에서 살아가는 일의 고됨을 말한다고 해서 그 답변을 곧이곧대로 수긍할 수 있는 것도 아니었다. 노동 사안을 주로 추적해온 내가 부정적인 메시지를 말하라고 그들에게 언질을 주진 않았는지 의심하느라 바빴다.

나는 이들이 누구인지는 고사하고 지금 어떤 감정을 가지고 한국 사회를 살아가는지조차 감을 잡을 수 없었다. 어릴 적 부모를 붙잡고 '나는 어느 나라 사람인지' 물어본 기억이 없어서일 테다. 이주민이 된 경험은커녕 외국에 나갈 일도 없던 나였다. 사람들이 태극기를 휘두르며 행진하는 장면을 좋아하지 않는 나는 고려인들 행사에 빠지지 않는 태극기 사이를 걸으며 이들이 잃어버린 것과 지금 이곳에서 얻고자 하는 것을 추측해내려 애썼다.[2]

그러나 이 모든 것은 인터뷰가 어느 정도 진행된 후의 이야기이고, 인터뷰 초반에는 고려인들의 행선지와 가족사를 좇는 것만으로도 버거웠다. 한 세대만 거쳐도 완전히 다른 삶이 펼쳐졌다. 집단농장에서 마을을 이루고 흰옷을 즐겨 입었다는 이야기는 조부모들의 삶이었다. 그들은 할머니 무르팍에서 이야기 듣던 기억을 쥐어짜 나에게 들려주었다. 나 역시 무언가를 쥐어짜고 있었다. "네? 아까 그 말이 이 말인가요?"

그들의 말을 알아듣지 못하는 나 자신에게 화가 났다. 어떤 단서도 손에 쥐지 못한 채 이해되지 않는 인터뷰를 하고 돌아오는 길은 답답했다. 번번이 모자란 인터뷰를 하고 돌아오는 까닭을 나는 이렇게 추측했다. 통역이 안정적이지 못한 열악한 인터뷰 조건, 민족이라는 틀 안에서만 고려인을 해석하려는 기존 연구와 정책, 개별 단체나 종교 기관에만 맡겨진 고려인 지원 체계. 통역을 하던 그가 나에게 화를 내기 전까지는 그랬다. 다른 것들에만 원인을 돌렸다. 하지만 진짜 이유는 내게 있었다.

그의 지적은 사실이었다. 나는 외국어라고 하면 영어밖에 떠올릴 줄 모르는 사회에 살고 있었다. 그 사실을 비웃든 자조하든, 서구 세계가(아니 미국이) 으뜸인 문화권에서 살고 있다. 러시아 말을 모른다 했지만, 알지 못하는 것은 소리로 표현되는 언어만이 아니었다. 그들의 삶을 해석할 수 있는 언어를 지니지 못했다. 고려인을 해석할 문법이 한국 사회에 통용되지 않았으니 나로선 어찌할 수 없는 문제이긴 했다. 그러나 내가 저지른 잘못은 그저 무지함만이 아니었다.

한국 사회에서 그들이 선 위치를 알고 싶었지만, 나의 위치를 떠올린 적은 없었다. 내가 지금 이 자리에 있는 것은 너무도 당연했으니까. 어느 책에도 썼지만, 당연함은 특권이다.[3] 그들의 이주와 비교하기에는 뭐하지만, 나도 몇 년간 서울이 아닌 지역(사람들이 흔히 지방이라 부르는 곳)에서 지낸 적이 있다. 서울에 살 때 나는 "한국은 말이야"라는 말을 거리낌 없이 했다. 하지만 서울이 아닌 지역에서 살게 되자 조심스러움이 많아졌다. 내가 겪는 일이 (다른 지역에서도 일어나는) 보편적인 사건일까? 서울에 살 때는 품지 못한 의문이었다. 그땐 내가 한국에 살고 있었다. 서울의 다른 말이 곧 한국이었으니까. 하지만 몇 십 킬로미터 거리를 이동하자, 나의 경험 어디에도 '보편'이라는 말을 붙이기 힘들었다.

'이게 나라냐'고 묻는 사람들[4] 옆에서 주로 기록을 해왔다. 하지만 그 말을 하는 사람도, 나도 태어난 순간 국가와 민족이라는 성원권을 자동으로 취득한 사람들이다.[5] 그 안에서 (내가 소속된) 국가의 책임을 묻는 나의 위치가 너무도 명확해 서 있는 자리를 돌아볼 필요도 없었다. 그런 내가 '저쪽' 사람들은 어디에 서 있는지를 알고 싶어 했다. 취재를 하고 기록을 하기 위해서. 그래서 자를 가져다 재듯 이들의 위치와 거리를 파악하고자 했다. 어디서부터 재야 할지도 모른 채 자를 들었다. 당연하게도 거리를 재는 일은 실패했다. 내가 선 곳이 어디인지를 모르니 자를 놓을 위치를 정할 수 없었다.

그들을 향한 시선과 판단의 기준이 된 것은 '나'였다. 그런 내가 선 곳은 어디인가? 저들을 모르겠다고 하는 나는 어떤 문화와 습성을 지닌 사람인가. 내 삶은 질문하지 않고 타인의 삶을 재려고 하니 자꾸만 어긋날 수밖에 없었다.

타인을 어떻게 봐주자고 하기 전에

타인을 '대상화하지 말자'라는 말은 너무도 옳은 나머지 쉽게 입에서 나오곤 했지만, 그것이 어떤 의미인지는 몰랐다. 의미는 몰라도 중요하다는 것은 알아 자꾸 반복했다. 공허한 외침을 멈추게 된 것은 이 글 덕분이었다.

"그들을 한 무리로 보지 말고 한 사람 한 사람으로 대하자고 말하다가, 그 주장 역시 어쩌면 내가 주류 집단의 안락의자에 앉아 소수 집단을 어떻게 봐주자고 말하는 마음 편한 훈수일 수 있다는 생각이 들었다."[6]

이 말을 한 저자는 자신의 정체성이 전복되는 경험을 했다. 어떻게 고유의 정체성이 뒤바뀔 수 있는가 싶지만, 이런 일은 자신이 사는 공간만 옮겨도 벌어진다. 달라진 정체성은 '나는 누구인가'를 묻게 한다. 그래서 저자가 쓴 책의 제목도 《후아유Who are you?》다.

저자는 국제결혼을 하고 영국으로 이주한 뒤 자신의 정체성을 곱씹었다. 그 자신이 이주민이 되어 모든 것이 바뀌었을 때, 한국 사회에서 자신이 이주민을 위해 했던 일을 다시 생각하게 됐다. 그 일 중 '그들'의 "지지고 볶으며 사는 삶의 깊이와 역동"[7]을 보여주는 일이 과연 얼마나 되었는지. 선 자리가 달라진 경험을 한 그는 자신이 했어야 하는 일이 무엇인지를 깨닫는다. '타인을 어떻게 봐주자'고 말하기 전에 했어야 하는 일.

"우리가 타인을 어떻게 봐주자고 하기 전에 나 자신이 나를 어떻게 보는지를 먼저 물었어야 한다. …… 내가 나를 고유한 존재로 본다면 다른 이들도 그런 눈으로 볼 수 있기 때문이다."[8]

나 또한 인터뷰를 망치고서야 뒤늦게 눈치챘다. 내가 모르는 저들을 '어떤 이들'이라고 규정하고 싶었던 나의 욕망을 본 것이다. 개인적인 욕심이나 의도한 바가 있던 것은 아니다. 당시 나는 사람들에게 '그를 어떻게 보자'라고 말하는 것이 기록자의 역할이라 생각했다. 그들을 어떻게 봐야 한다 또는 보지 말아야 한다고 답을 내리고 싶었다. 그들을 왜곡시키지 않고 대상화하지 않아야 한다는 의지만을 가진 채 그들을 '관찰하던' 내가 있었다. '정당한(정의로운)' 시선이라는 강박이 나를 조급하게 했고 가장 중요한 일을 잊게 했다. 저들은 나에게 보여지기 위해 살아가는 사람이 아니라는 사실을.

이 세계에서 자신의 자리에서 마련하려 나름의 방식으로 애를 쓰는 사람들이다. 그들도 나처럼 살아내는 중이다. 저들을 보겠다고 종종거릴 동안, 저들을 보는 나를 봐야 했다. 그렇게 타인을 어떤 시선으로 봐야 하는지 답을 내리고 싶은 나를 내려놓았다.

조명을 다시 켜는 이유는

취재를 하러 간다. 가난한 동네의 골목 어귀, 도시 외곽으로 밀려난 잿빛 공단, 철거를 기다리는 낡은 동네, 거리 한복판에 있어도 보이지 않는 한 평짜리 농성장을 간다. 그의 존재를 드러내기 위해서라고 말하지만, 어쩌면 이런 문장으로 바꿀 수도 있겠다. 어떤 사람들을 다른 이들에게 '보여주러' 간다.

그가 볼만해서, 흥미로워서가 아니다. 자꾸만 이들을 보이지 않고 읽히지 않는 공간에 두는 세상을 향한 내 나름의 저항이다. 전태일이건 사회적 소수자건, 정해진 날에 소환해 장식장 같은 무대에 넣어 전시하는 국가와는 다른 방식으로 그들을 대하고자 하는 나의 욕심이기도 하다(고려인을 3·1절이나 독립운동기념일 같은 날에 잠시 변두리 낡은 동네에서 꺼내와 브라운관 앞에 전시한 후, 다시 낡은 공단으로 돌려보내는 그런 방식 말이다). 하지만 누군가를 가리운 시선을 비판하고 꺼진 조명을 다시 켜는 진짜 이유는, 그가 지금 이곳에서 살아가기 때문이다.

함께 살기 위해 '우리' 사이의 간격을 잰다. 그와 나 사이 거리를 좁히고자 한다면, 그와 나 사이의 거리감을 인지해야 한다. '지금 이 상태로' 그와 나는 우리가 될 수 없음을 인정하고, 꼭 우리가 되어야 하는지를 묻고, 그가 원하는 것이 정말 우리인지를 묻고, 그리고 우리가 우리일 수 없는(사람이 사람일 수 없는, 삶이 삶일 수 없는) 세상에서 필요한 것이 무엇인지 묻는다. 그것은 권리일 수도, 저항일 수도, 전복일 수도, 환대일 수도 있다.

그렇게 돌고 돌아 인터뷰이들이 나와 부대끼며 살아가

는 존재임을 인정한다. 오늘도 꾸역꾸역, 느리게, 내가 누군가와 함께 살아가는 사람이라는 자각을 한다.

2

내 이름은 글에 넣지 마세요

"성함이 어떻게 되세요?"

"박외순."

"애순?"

"외순. 내가 외갓집에서 태어났어. 그래서 '외'야. 옛날에는 다 그랬어. 외가에서 나면 '외' 자를 붙이는 거야. 그렇게 이름을 지었어."

"아, 그래서 어르신들 이름에 '외' 자가 많구나."[9]

처음 알았다. 사랑 '애愛' 자가 변형되어 이름에 '외' 자가 들어간 줄 알았는데, 아니었다. 외갓집에서 태어났다고 해서 '외' 자를 붙이다니. 처음 듣는 이야기가 반가웠지만, 속으로는 이런 생각을 한다. 여자 이름 참 성의 없게 짓는다. 속마음이 들켰나. 외순씨가 말한다.

"옛날에는 그렇게 이름들을 허투루 지었어."

이름마저 허투루 정해진 사람의 인생을 좇는다. 먹고살려면 하루도 허투루 살 수 없었던 인생이 펼쳐진다. 나의 인터뷰이는 중간중간 '요즘' 사람들 흉도 보고, '잘나갔던' 시절의 추억에 잠기기도 한다. 흉을 보면 "그러게요" 맞장구를 치고, 그 시절 이야기에는 "우와"를 연발한다. 그의 앞에서 오두방정을 떨기도, 침묵한 채 고개만 끄덕이기도 한다. 이 모든 것이 그의 삶에 지지를 표하는 내 나름의 방식이다.

기록자는 인터뷰이가 자기 앞에서 긴장과 경계를 내려놓고 이야기할 수 있도록 해야 한다. 요즘 유행하는 말로, '환대의 장소'를 임시로 만드는 일이다. 인터뷰하는 내내 당신을 지지하고 있다고 눈으로 손으로 몸짓으로 말한다. (아니 전하려 애쓴다.) 지금 이 인터뷰가 그의 말이 세상에 들어오는 길목에 자리할지도 모른다.

그렇게 따듯한 자리인데, 문득 외롭다는 감정이 몰려올 때가 있다. 나와 눈을 맞추는 상대가 있고, 내가 준비한 따듯한 자리가 있고, 말랑한 대화가 오간다. 그런데도 외롭다. 망망대해를 떠내려가는 기분이 되어 내 앞의 인터뷰이를 본다. 그럴 때면 나는 물길 가는 곳을 모르고 뱃머리를 붙들고 있는 사람인 것만 같다.

고루한 표현임을 안다. 그런데 인터뷰 자리에서는 바다밖에 떠오르지 않는다. 노를 젓고 있지만 결코 내 의지만으로 흘러갈 수 없는 바다는 인터뷰 현장과 닮았다. 막막하긴 해도 모래에 발자국을 내며 나의 의지로 걸어가는 사막은 아니다. 물길이 어디로 날지 모른다. 막막함과 외로움이 뒤섞이지만, 배를 흔드는 일렁임은 내가 인터뷰이와 함께 있음을 잊지 않게 한다. 외로울지언정 함께하는 작업이다.

인터뷰이라는 작은 섬

인터뷰 내내 서로의 눈을 보지만, 그와 나의 눈이 마주쳐 충돌할 때가 있다. 보통은 대화가 끊기고 잠시 침묵이 찾아오는 순간이다. 그럴 때 그의 눈은 무엇을 골몰하는 것 같기도 하고, 나의 반응을 살피는 것 같기도 하다. 자신이 할 이야기를 정리하는 중인지, 망설이는 중인지. 나의 반응을 보고 말을 더 할지를 판단하겠다는 것인지. 자신의 말은 끝났으니 이제 내 쪽에서 어떤 응답이라도 할 차례라는 것인지. 오직 그의 눈만 부여잡고 판단해야 한다.[10]

나의 헛기침 한 번, 찌푸리는 표정 하나에도 그가 하려는 말의 방향이 달라질 것을 안다. 반면 내가 어떤 말을 하든 그가 할 말은 정해져 있다는 생각이 들 때도 있다. 물결은 내가 좌우할 수 없다. 흔들리며 그저 간다. 배가 뒤집히는 일만은 없도록 애쓴다. 무지와 불안을 견디며 기대하는 것은 오직 하나. 그의 바다에 자리 잡은 작은 섬에 도달하는 일. 오아시스를 기대할 수 없는 작업이지만, 작고 뭉툭한 섬에 닿기를 기다린다.

"우리 일이 학교에서 가장 밑바닥이잖아."

"위가 어디 있고, 밑이 어디 있어요."

"살다보면 그런 게 있어."

바닥에 떨어진 쓰레기를 줍는 일이라 자신의 일도 밑바닥에 있다고 하던 이가 '밑바닥에 있는 사람'들이 당할 만한 방식으로 '잘렸다'. 함부로 해고된 지 석 달째. 이제 그는 이런 말을 한다.

"내가 즈그보다 배움은 부족하지만 즈그나 나나 인간의 존엄성은 다 똑같잖아. 그쪽도 월급 받는 삶이고. 우리도 월급 받고. 다 똑같은데. 즈그도 밥 먹고 우리도 밥 먹고 사는데. 우리가 밑에 있다고 밥 안 먹고 사는 건 아니잖아. 그 사는 권리를 주장해야지."

그 사는 권리를 주장하겠다고 가만히 있어도 폭폭 찌는 한여름 거리에서 피켓을 든다. 소금 바다를 헤매다가 작은 섬에 당도한 것만 같아서, 그 말을 받아 적는다. 내가 찾은 그곳이 인터뷰이 생을 통틀어 짧은 순간, 지나치는 길목에 존재하는 아주 작은 섬인 것을 모르진 않지만, 반갑다.

하지만 반가움도 잠시. 이들은 내게 와 말한다.

"내 이름은 글에 넣지 마요."

원하지 않으면 이름도, 오늘 이야기도 글에 담지 않을 거라 답한다. 외순씨도 그랬다. 그는 자신이 청소일을 하는 것을 가족이나 친구들은 모른다고 했다.

"며느리도 내가 공공근로 이런 거나 좀 하는 줄 알아."

내 쪽에서야 이렇게 말할 수도 있다. 청소가 뭐 부끄러운 일이라고요. 하지만 말하지 않는다. 그가 깨이지 못해 노동의 위계를 이고 사는 것이 아니다. 자신이 노동하는 사람이기에 노동의 위계를 더 세밀하게 아는 것이다.

어떤 이는 자신이 등장한 구술을 지워달라고 했다. 글에 그의 구술은 서너 줄밖에 들어가지 않는지라 나는 의아해한다. "어떤 부분을요?" 그가 가리킨 곳엔 몇 해 전 병원 급식실에서 일했다는 내용이 적혀 있었다.

"여기 사람들은 아무도 몰라. 내가 여기서 일했다는 거."

그가 무슨 사연으로 급식실에서 근무한 사실을 숨겼는지는 모른다. "그런 일 했다고 알리는 게 뭐가 좋아." 그가 지금 하는 일과 예전에 했다는 '그런 일'의 차이도 모른다. 하지만 사람에겐 저마다 설정한 일의 높고 낮음이 있다. 외순씨는 이곳이 대학교이니 청소를 하지, 빌딩이면 이 일을 안 했다는 말을 한다. 학생들이 버린 오물과 어른들이 버린 오물은 천지 차이라고 한다. "자존심이 덜 상해. 집에서도 내 자식 것은 치우니까." 나는 내가 만난 빌딩 청소 노동자들을 떠올린다. '어른'들의 쓰레기를 치우는 사람들. 그 사람들도 내게 자신들이 하는 일의 자부심을 말했다.

외순씨의 마음을 모르진 않는다. 아니다. 알 수 없다. 그래도 끄덕인다. 바다의 요동을 함부로 알려고 하면 안 된다. 그러다가는 아무것도 보지 못할 수 있다. 글의 주인공이자 기록 대상자, 자신의 공간에서 일하고 관계 맺는 인터뷰이의 삶 자체를 존중하지 않으면 황폐한 돌섬에조차 당도할 수 없다.[11]

그 인터뷰가 부끄러웠어

인터뷰이의 삶을 존중한다는 것이 말처럼 쉽진 않다. 그를 존중하여 찾아간 것인데도 자주 실패한다. 한날은 나의 인터뷰이가 말했다.

"사실 나는 그 인터뷰가 부끄러웠어."

그 인터뷰란, 그와 내가 8년 전에 한 것이었다. 그 후로 우리는 꾸준히 연락하고 지냈다. 빈번하게 메시지를 보내서 별스럽지 않은 이야기를 해온 사이였지만 이제야 우리가 한 인터뷰에 대해 말한다. 얼마나 많은 인터뷰이들이 '그때의' 인터뷰에 대해 나에게 말하지 못했을까.

언론 기고 글의 조회 수가 오르면 반향이 있다고 안심하고, 책을 읽은 독자들이 좋은 평을 해주면 안도한다. 그런데 정작 자신의 이야기가 책으로 나온 사람들은 수년이 지나서야 또는 기록자가 들을 수 없는 곳에서 목소리를 낮춰 말한다. 때론 말하지 않는다.

그날의 인터뷰에서 저지른 잘못에 대해 인정하면서도 변명을 하자면, 그와의 인터뷰는 후원금을 모으기 위해 진행됐다. 그래서 사람들의 심금을 울리거나 공분을 높여 돈을 모으기 좋은 방식으로 글을 구성했냐고? 결코 아니다. 구성조차 하지 않았다. 그가 들려주는 대로 적었다. (물론 내 귀에 더 잘 들리는 말을 받아 적었다.)

당시 2년차 기록자였던 나는 인터뷰이가 이야기하는 대로 적는 것이 그를 가장 대상화시키지 않는 방식이라 여겼다. 시간이 지나고 난 후에야, 듣기만 하는 기록 따윈 없다는 것을 알았다. 내가 어떤 내용을 어떤 태도로 물었는지, 어떤 표정을 지었는지, 어떤 말에 더 고개를 크게 끄덕이며 반응했는지, 그리고 앞서 이 인터뷰의 취지를 무엇이라 설명했는지에 따라 대화의 내용이 달라진다. 구성이 없다는 것은 내 착각이었다. 나는 대본을 썼고, 인터뷰이는 그 대본을 곁눈질했다. 우리가 서로에게 보인 선의는 몇 년 후 “부끄러웠어”라는 말로 돌아왔다. 기록 작업이 지닌 무서움이었다.

동시에 다행한 일이었다. 그와 내가 개인적인 관계를 맺지 않았다면, 듣지 못할 말이었다. 운이 좋은 편이다. 그렇다고 해도 아픈 건 아픈 거다. 상대에게 자신의 인생을 부끄럽게 여길 만한 인터뷰를 선사해놓고 정작 내가 아팠다. 왜 이렇게 사람이 얕을까? 그럴 때마다 나라는 사람을 들여다보게 된다.

당신이 나를 알아?

몇 십 년을 알고 지낸 이에게도 "당신이 나를 알아?"라고 말하는 순간이 온다. 아무리 지인이라도 나를 꼼꼼하게 봐오지 않은 사람의 조언은 와닿지 않는데, 나를 어설피 아는 심지어 몇 번 본 적 없는 이가 와서 나의 삶을 재구성하거나 해석하려 든다. 평소 같으면 감히 상대가 그런 시도조차 못하게 할 것이다. 하지만 인터뷰이가 기록자를 들이는 순간이 있다. 자신의 언어가 쏟아져 나올 때, 또는 목소리를 내야 할 어떤 이유가 있을 때다. 그때가 되면 자신을 열어 기록자를 받아들인다. 실은 세상을 받아들이는 게다.

내가 주로 취재하는 사람들은 파업을 하고 농성장을 세우고 자신들의 싸움을 알려줄 사람을 기다린다. 그들은 부당함을 알려야 한다는 생각으로 입을 연다. 나처럼 자신들의 문제를 여론화하겠다는 사람들을 반긴다. 하지만 고마운 감정에 휩싸여 입을 여는 것만은 아니다.

사람들은 말의 힘에 이끌려 개인의 내력과 사연까지 말

한다. 종종 일어나는 일이다. 특히 나같이 생애 맥락을 알고자 이것저것 묻는 기록자를 만나면 그런 일은 쉽게 벌어진다. 말을 해놓고 후회한다. 자신이 마련해둔 자리는 한 평인데, 자꾸만 기록자나 기자들이 자리를 넓게 쓰려고 몸을 밀고 들어온다. 긴장이 발생한다. 다만 인터뷰이는 그들이 초면이니, 공적인 관계이니, 말을 들어주러 온 사람이니, 예의를 지켜 긴장을 갈등으로 만들지 않으려 할 뿐이다. 어떤 선의를 가지고 있을지라도 기록자는 그에게 불편한 사람이다.

기록자도 그의 불편을 눈치챈다. 인터뷰 자체가 웃고 울고 보듬는 자리였다고 해도, 끝내고 돌아오는 길엔 기록자조차 무거워 땅에 질질 끌리는 감정들이 있다. 친구와 수다를 떨고 오는 길에도 너무 많은 말을 한 것은 아닌지 후회하는데, 친밀한 사이가 아닌 나에게 말을 털어놓은 그 사람은 어떨까.[12] 인터뷰이가 느낄 헛헛한 감정을 잠시 예측해본다. 말이 빠져나간 자리를 채울 무언가를 인터뷰 자리에서 건넸던가. 우리 둘 사이에 오갔던 대화를 자꾸만 복기한다.

한때는 만족스러운 인터뷰를 하고 돌아가는 길에 설레는 마음을 추스르지 못하고 살랑거린 적도 많았다. 그는 분명 나보다 자기 자신을 잘 알고, 꼼꼼 보아온 사람이다. 그러므로 자신에 대해 누구보다 잘 알려준다. 기록자로서는 의미 있는 이야기를 잔뜩 듣고 온다. 어찌 설레지 않을 수가 있을까. 하지만 인터뷰를 거듭할수록 설레는 마음을 어떤 무게로

눌러놓아야 했다. 나는 스크린 너머의 주인공을 보고 온 것이 아니었으므로.

인터뷰이의 마음을 더듬어본다. 헛헛한 감정을 그 자리에서 보듬는 기록자들도 있다.[13] 하지만 나같이 게으르고 숫기 없는 기록자는 다음 인터뷰 자리를 마련한 후에야 묻는다.

"지난번에 인터뷰한 후엔 마음이 좀 어떠셨어요?"

나도 집에 돌아가는 길이 무거웠는데, 당신은 어땠는지. 이렇게 물어도 대부분의 사람들은 별스러운 대답을 하지 않는다. 자신이 감당해야 할 몫이다. 그날도 별스러운 답이 나올 거란 기대 없이 물었다. 그는 투쟁을 어느 정도 일단락한 상태였고, 자신의 지난 싸움을 자랑스러워했으며, 우리는 눈물도 한숨도 없이 가볍게 이야기를 나눴을 뿐이었다. 그래서 첫 인터뷰를 마치고 돌아가는 길에 그이의 마음을 별로 떠올리지 않았다.

하지만 그이는 기다렸다는 듯이 답했다.

"좀 마음이 그랬어요."

"아, 어떤 마음이?"

"내가 너무 사소한 것들을 이야기한 것이 아닐까 해서요. 다들 그렇게 사는데."

잠시 여자 노동에 대한 이야기를 나눈 기억이 났다. 엄마로, 딸로, 여성 동료이자 노동자로 일한 이야기. 여자가 살면서 겪는 갈등을 말한 그는 자신이 너무 별것 아닌 이야기를 부풀린 것은 아닌가 후회했다고 했다. '여자라면' 다 겪는 일인데. 나는 그 다 겪는 일에 대해 듣고 싶다고 했다. 다 겪는 일인데 다들 말해주지 않으니까. 남들 다 겪는 일을 겪지만, 남들과 다르게 그 일을 두고 싸우는 사람들의 이야기도 듣고 싶다고 했다.

인터뷰를 업으로 삼지만, 인터뷰이의 마음은 가늠할 수 없다. 사실 그날 나는 지난 인터뷰의 소회를 묻는 시간이 필요하다고 생각하지 않았다. 그저 습관처럼 물었을 뿐이다. 습관으로나마 질문을 건네지 않았더라면 인터뷰이의 마음을 지나쳤을 것이다. 솔직히 말해, 내게 이야기를 한다 해도 그의 마음이 풀리거나 하는 일은 없다. 그저 불편함을 나누어 갖는 것뿐이다. 기록 과정을(또는 기록자를) 불편해하는 마음을 인터뷰이 홀로 지니게 하는 것은 온당치 않아 보인다.

나의 첫 번째 독자

기록 작업을 하는 동안 인터뷰이는 나의 동료이자, 공동저자이며, 첫 번째 독자이다. 그에 따른 동등한 존중과 배려가 필요하다.

이 말은 다이어리에 적어두는 다짐 같은 것이다. 예습 복습을 철저히 하자, 아침 일찍 일어나자, 분리수거를 제때

하자 같은 말과 다를 바가 없다. 지키지 못할 약속처럼 매번 어기고 늘 후회하는 일이다. 성적표 같은 결과물이 나오면 그때부터는 걱정이 커진다.

기록집을 내고 첫 번째 독자들에게 책이 전해지기까지 숨죽인 채 마음을 다잡는다. 일도 손에 안 잡힌다. 이 책도 나와의 인터뷰가 부끄러웠다고 말한 이에게, 급식실 일을 한 것을 빼달라고 한 이에게, 어른이 버린 오물을 치우는 것이 더 낮은 일이라고 하는 인터뷰이에게 전해질 것이다. 생각만 해도 떨린다.

겁이 나지만, 그들의 반응을 기다린다. 그들이 말해주길 바란다. 기록을 하는 까닭이, 그 목소리를 듣는 데 있으니까. 목소리는 결코 홀로 존재할 수 없으니. 기록(노동)은 외로울 지언정 함께하는 작업이다.

3

트랜스젠더 처음 봐요?

성별을 서랍 칸처럼 나누어 생각하는 사람들은 마늘에게 묻는다.

'남자야? 여자야?'

《퀴어는 당신 옆에서 일하고 있다》 속 인물이기도 한 '마늘'을 소개하는 일은 나를 늘 긴장하게 한다. 마늘은 자신이 젠더퀴어인 동시에 정체성을 고정시키지 않은 퀘스처너리questionary[14]라고 했다. 하지만 이 말은 '남자야? 여자야?'를 묻는 사람들에게 만족스러운 답이 되진 않는다.

마늘은 '여자 꾸밈'으로 보이는 차림을 즐겼다. 하지만 여자가 되고 싶어 일명 '여자 옷'을 입는 것이 아니다. 자신이 좋아하는 타입의 옷이 사회가 여성스럽다고 말하는 의상일 뿐이다. 트랜지션transition[15]을 고민하지만 '여자 몸'이 되고 싶어 수술하려는 것은 아니다. 그래서 가슴 수술에 대한 생각도 매번 달라진다.

이렇게 말하면 설명이 되려나. 나는 번번이 마늘을 너무 길거나 너무 짧은 단어로 소개한다. 마늘을 설명할 마땅한 언어가 이 사회에 없기 때문이다. 마늘도 자신에게 언어를 주지 않는 세상을 향해 체념하듯 묻는다. “트랜스젠더 처음 봐요?” 마늘은 자신을 트랜스젠더로 정체화하지 않지만, 세상이 알아듣는 단어가 그것밖에 없다.[16] 하지만 이 사회가 그를 무엇으로 인식하든, 마늘은 ‘남자야? 여자야?’라는 물음에 갇힐 수 없는 사람이다. 그런 마늘과 처음 만난 곳은 어느 대학가 카페였다.

개의치 않는 법 터득하기

북적이는 시간대를 피했기에 카페는 한적했다. 조용하다 못해 인터뷰가 걱정되는 수준이었다. 적막함은 의외로 대화하기 좋은 조건이 아니다. 나와 인터뷰이가 나누는 이야기가 백색 소음에 감춰지지 않아서다. 그럴 경우 인터뷰이는 말을 아끼거나 다른 말을 한다. 하지만 장소를 옮길 시간도 없이 마늘이 왔고, 인사를 해야 했고, 우리는 카운터 맞은편 창가 자리에 앉았다. 괜찮아 보인다며 마늘이 성큼 앞장서 고른

자리였다.

간혹 인터뷰하는 법을 강의하곤 하는데, 그때마다 강조하는 내용이 있다. 인터뷰이가 시선을 빼앗길 만한 자리를 피하라고. 이날 우리는 통유리 창가 옆에 앉았다. 행인들이 지나가며 우릴 보고, 카페 안 손님들은 우리 옆을 지나쳐 주문을 하러 간다. 그간 내가 강조해온 것들이 다 어긋났다.

하지만 자리를 옮기자는 말은 하지 않았다. 트랜스젠더로 보이는 사람을 창가 가운데 자리에서 '구석'(인터뷰하기 좋은 밀폐된 공간)으로 '옮긴다'? 그런 식으로 오해될 행동은 할 수 없었다. 체념한 채 주문을 하러 일어섰다. 마카롱 맛집이라 했다. 마늘은 신중히 마카롱을 골랐다. 나는 20대가 디저트 카페에서 메뉴를 살피는 모습을 빤히 바라봤다. 낯설 것 없는 이 장면을 낯설게 보면 안 된다고 자신을 다독거리면서 말이다.

구석에 앉았으면 한 까닭은, 마늘의 말문을 걱정해서만은 아니었다. 내가 다른 사람을 신경 쓸 것이 빤했다. 성소수자 노동에 관한 취재를 막 시작한 참이었다. 당시 나는 카페에서 작업을 하다가 노트북 화면에 무지개 깃발이 뜨면 조도를 낮췄다. 슬쩍 고개를 돌려 등 뒤로 지나가는 사람이 없는지 살폈다. 세상이 금기하는 것들이 있다. 금기를 금기로 여기지 않고 살겠다고 마음먹었다. 지금껏 마음만으로 충분했다. 하지만 당사자들을 취재하며 금기를 '징벌'하려는 시선을 간접 체험해야 했다. 그뿐인데도 괴로웠다.

이런 내 마음과 무관하게 마늘은 덤덤히 성소수자 노동에 대해 이야기했다. 방금 전 마카롱이 맛있다고 한 것과 다를 바 없는 말투였다. 그는 자신의 이야기가 작고 예쁜 카페 곳곳에 퍼져나가는 것이 개의치 않은 듯 보였다. 부러 그런 게 아니었다. 개의치 않는 태도가 몸에 밴 사람이었다. 그 의연함이 만들어지기까지 쌓인 시간을 떠올렸다. 흘려보내지 못하고 몸으로 겪어냈을 시간. 그러니 몸에 달라붙어 배어 있을 테다.

내가 마늘에게 묻지 않고 마늘이 내게 해주지 않은 무거운 이야기를 추측하면서, 나는 함부로 그의 사생활을 쓰지 않기로 했다. 어떤 글이 나올지 모르지만, 우선은 지금 내가 할 수 있는 일을 하기로 했다. 나 또한 주변의 시선을 개의치 않기로 한 것이다. '뭐 어때?' 지금 이곳에서만이라도 세상을 향해 말해보기로 했다. 그때 배웠다. 타인을 개의치 않는 법을. 세상의 시선에 개의치 않아도 된다는 말을 하려고 책을 쓰는데, 오히려 책을 쓰는 과정에서 내가 배운다. 그래도 된다는 것을 알게 된다.

콜센터가 정말 좋았다고요?

마늘은 정연하게 말할 줄 아는 사람이었다. 하나라도 더 알려주기 위해 애썼고, 듣는 사람이 자신의 무지를 부끄러워하지 않도록 배려했다. 그래서 나는 마늘과의 대화가 좋아졌다. 하지만 그날 주고받은 이야기를 대화라고 부를 수 있을진 모르겠다. 나는 어색하게 묻고 그는 길게 설명했다. 질문은 번번이 어긋났다. 무엇을 물어야 할지 몰랐다. 아마 마늘이 해준 이야기가 처음부터 제대로 접수되지 않아서였을 것이다.

마늘은 콜센터에서 2년 정도 근무했다. 그 일이 어땠냐는 질문에 마늘은 "좋았어요"라고 했다. 콜센터 일이 체질에 맞았다고, 자신은 승부욕도 있고 말하는 것을 좋아한다고. 오래 일하고 싶었다고 했다. 생각해보면 마늘처럼 언변 좋은 사람에게 적합한 일이긴 했다. 하지만 그때는 "좋았어요"라는 그 간명한 말이 생소하기만 해 "무엇이 좋았어요?"라고 묻고 "정말요?" 하는 표정을 지었다. 말 앞에서 멈춘 것이다.

나에게 콜센터는 감정노동-저임금-여성 일자리였다. 그러니까 지하세계의 착취 공간. 최근 코로나19 사태로 인해 콜센터를 부르는 수식어가 하나 더 생겼다. '닭장 같은'이 그것이다. 타인의 일자리에 고민 없이 붙이는 수식어를 경계해야 한다고 말하면서도, 내게도 콜센터에 대한 어떤 고정된 이미지가 있었다.

마늘은 콜센터에는 수화기 저편 세계에는 없는 공정이 있다고 했다.[17] 얼굴을 가리고 하는 업무가 꼭 블라인드 테스트 같다고 했다. 저편 세계에서 마늘의 외양은 마늘을 지웠다. '남자야? 여자야?'라는 질문이 마늘의 성실함과 영민함을 가렸다. 능력을 지운 것이 아니다. 존재를 지웠다. 그런데 사람들과 직접 대면할 일 없는 콜센터로 오니, 마늘은 그제야 '능력을 발휘할 수 있는' 기회를 얻었다고 했다. 그곳에서는 '그나마' 나로 있을 수 있어 좋았다고 했다.

"면접장에서는 목소리를 듣고 인사말 정도 시켜보는 거? 면접 때는 머리는 길렀지만 별로 안 꾸미고 갔거든요. 왜 길렀냐고 물어보기에 모발 기증을 하려고 한다. 일단 뽑혀야 하니까 착한 이미지를 구축하고. 교육 기간에는 화장한 채로 갔죠."[18]

취업을 해야 한다는 압박에 머리를 자를까 망설이던 마늘은 콜센터에선 자신이 원하는 방식으로 꾸몄다. 이곳에서 진급도 하고 교육 강사로 진로를 잡고 싶었다고 했다. 마늘의 바람이 어떤 결과를 맞았는지는 책에서 다루었지만, 여기서는 그날의 대화만을 말하려 한다.

고작 '콜센터 일이 좋았어요'라는 말에 멈춰 선 내가 있었다. 내 생각엔 좋은 곳이 아닌데, 마늘이 이렇게 말하는 데는 따로 이유가 있다고 생각했다. 파악하고 판단해서 다음 질문으로 이어가려 했다. 그런데 파악이 안 되니 "정말요?"라고 물었다. 담담하게 "어떤 점이 좋은데요?"라고 하지 못했다. 다른 목소리를 듣겠다고 와서는, 세상의 말과 다른 문장 하나에 당황한다. 사회가 연출하는 연극 무대, 주어진 대본이 지긋지긋하다고 말하면서도, 나 역시 그 대본 일부가 적힌 쪽글에 사로잡혀 있었다.

콜센터 노동자가 다른 환경에서 일했으면 좋겠다는 바람으로 글을 쓰지만, 콜센터 상담원이라는 직업이 다른 일보다 마음에 든다는 말에 펜을 멈춘다. 이상한 일이다. 하지만 흔히 일어나는 일이다. 우리는 자신이 일하는 환경을 바꿔보겠다고 애쓰는 사람을 지지한다. 동시에 그가 고발한 일터의 이야기를 반복해 들으며 특정 직업의 이미지를 고정시킨다. 그 결과 그를 '그런 곳'에서 일할 만한 '그런 사람'으로 가둔다. 일터도, 일하는 사람도 '뻔하게' 만들어버린다.

그 '뻔함'이 싫어 성소수자 노동을 기록하겠다고 마음먹었다. 우리 모두가 지워지거나 감춰지지 않고, 뻔하게 취급당하지 않고 일할 방도를 묻고 싶었다. 그래서 자신을 숨기며 일하는 사람들에게 눈길이 갔다. 자기 자신으로 일하려는 이들의 분투에 마음 주게 되었다. 하지만 성소수자가 자신의 정체성을 드러내지 못하는 것만이 나답지 못한 일이 아니었다. 사람들은 각기 다른 이유로 일터의 자리를 원하고, 그 자리를 지키고 바꾸기 위해 저마다의 방식으로 움직인다. 이들의 '저마다'를 보지 못한다면 '나다운 노동'을 응원한다는 내 말은 얼마나 공허한가? "정말 좋았다고요?" 마늘에게 되묻던 입을 다물고 그제야 자세를 고쳐 앉았다.

묻는 일의 즐거움

사람에게 무언가를 묻는 일은 어렵다. 많은 망설임, 잦은 실수를 동반한다. 그럼에도 기록자의 물음이 의미가 있는 지점을 말하라면, 묻기 위해서는 나의 상태를 인정해야 한다는 사실을 꼽겠다. 상대의 이야기를 나의 물음으로 되돌리려면 그의 이야기를 얼마나 소화했는지를 고백해야 한다. 그의 언어를 알아듣고, 이해하고, 그에 응답할 준비가 되어 있음을 보여야 한다. 그렇기에 질문은 기록자의 무지, 편견, 뻔함, 낡음을 고백하는 장이 된다.

무지를 들키면 부끄럽고, 편견을 들키면 인터뷰 자체가 위협받는다. 하지만 나쁘지 않다. 들키고 감추고 하는 사이 내가 가진 세상의 대본 귀퉁이를 찢어버리고 있는 나를 보기 때문이다. 그렇기에 늘 바란다. 내 앞에 앉은 그를 상처 입히지 않는 한에서, 이런 부끄러운 깨달음이 거듭 일어나기를. 그래서 내일은 조금 더 달라져 그와 다시 마주 앉을 수 있기를.

4

그런 말 불쾌합니다

지금보다 적은 나이, 그러니까 사회적으로(또는 상대적으로) '어린 여자'였던 때, 취재를 위해 농성장에 가면 흔히 듣는 농담(?)이 있었다. 그 말이 무엇인지부터 말하고 싶어 입이 근질거리지만, 그전에 농성장이 어떤 곳인지 설명이 필요하겠다.

싸우는 사람들은 자신의 요구가 직접적으로 반영될 수 있다고 생각하는 곳(청와대, 법원, 관공서, 기업 본사 앞 등)에 천막을 친다. 이때부터 거리 생활이 시작된다. 하얗거나 파란 비닐 천막은 바람에 날아갈라 꽁꽁 덮여 있고, 그 위로 '농성 ○○일째'라는 글자가 붙어 있다. 두 자리에서 세 자리 숫자가 되는 것은 금방이고, 때론 네 자리 숫자가 붙기도 한다.

농성장이 낯선 사람이라면 안으로 들어가는 문이 어딘지 몰라 처음에는 좀 헤매게 된다. 외관을 보자면 어디에 문이 있을까 싶은 천막이지만, 비닐 한 겹 들추고 들어가면 생각보다 온기가 훈훈하다. 주전자에 물이 보글보글 끓고, 누군가 커피믹스를 타서 건네고, 가장 따듯한 아랫목 자리—그래봤자 이불을 겹쳐놓거나 전기요를 놓을 수 있는 정도인—를 내어준다. 들어가 침낭을 펼쳐 만든 이불에 발을 넣고 몸을 녹인다. 이렇게만 보면 더없이 따듯한 공간이다. 하지만 '어린 여자'였던 나를 선뜻 농성장에 들어서지 못하게 한 것은 비닐 장막이 아니었다. 다른 장벽이 있었다.

'무난한 사람' 연기

처음 찾아가는 농성장일 경우, 누군가가 나를 안내할 겸 데리고 들어가곤 했다. 이때 그 누군가가 중년 남성일 경우, 듣게 되는 농담이 있다. 낯선 이의 등장에 천막 안 사람들이 고개를 돌리면, 그는 히죽 웃으며 말한다.

"내 애인이야."

어디에 나만 모르는 매뉴얼이 있는 게 아닐까 싶을 정도로 비슷한 농담들. 그 하나도 웃기지 않은 농담을 듣고 나는 따라 웃었다. (때론 못 들은 척했다.) 어처구니없겠지만, 당시

나에겐 유일한 대처법이었다. 처음 만난 사람들이니까. 이들을 취재하겠다고, 자료 조사를 하고 연락을 해서 약속을 잡고 때로는 몇 시간을 이동해서 이 천막 앞까지 왔다. 내가 그 순간 인상을 쓰거나 '그런 말 불쾌합니다'라고 했을 때 싸해질 분위기가 이후 인터뷰에 어떤 영향을 줄지를 염두에 두지 않을 수 없었다.

인터뷰를 언급할 때 흔히 나오는 단어, 라포rapport. 의사소통 과정에서 형성되는 서로 간의 친밀감과 신뢰를 뜻한다. 안타깝게도 이것이 형성될 수 있는, 인간 대 인간의 진솔한 만남이 있기만을 기다릴 순 없다. 관계란, 생각보다 얄팍해서 첫인상으로 많은 것이 결정된다. 모든 취재가 '오래 볼수록 예쁘다'라는 버전으로 진행될 수 없으니, 오늘 본 사람과 내일 다시 볼 수 없을지도 모른다. 오늘 최선을 다해 사람을 만나고, 다시 볼 날을 기약하는 수밖에 없다. 그 '최선'이 참고 웃는 것으로 드러날 때가 있다.

기록노동은 나를 가장 나답게 만드는 과정이다. 하지만 이 말이 모든 순간에 들어맞는 건 아니다. 취재 현장에선 나 자신을 억누르는 일이 많다. 오직 한 가지 이유 때문이다. 인터뷰를 망칠까봐서.

누군가 인터뷰할 때 주의해야 할 점을 물으면, 나는 자신이 말문이 막히는 경우가 언제인지를 떠올려보라고 한다. 될 수 있으면 그 순간을 피하라고 조언한다. 그런데 생각해보면 말문이 막히는 경우는 너무 많다. 인터뷰이는 불편하고 주눅 들어 말하지 못하는 것만이 아니다. 이는 어떤 이를 피해자로만 보려는 시선, 아니 상상일 뿐이다. 인터뷰이는 인터뷰어를 의심하기에 말문을 열지 않고, 계산 끝에 침묵하기도 한다.[19] 상대가 거슬려도 입을 다문다. 거슬리는 이유는 상대가 나빠서이거나 무례해서만이 아니다. 상대가 '나와 다를' 경우에도 불편함을 느낀다.

말문을 열기 위해 나는 가끔 아니 자주 상대의 기대에 어긋나지 않는 사람인 척 연기했다. 일단 웃었다. 어처구니없는 농담에도 웃고, 다른 상황에서도 웃었다. 이걸 연기나 흉내라고만 할 순 없다. 비닐로 꽁꽁 추위를 막고 웅크린 상태에서도 사람이 오면 반가워 '찐한' 믹스커피를 타서 내주는 그곳이 좋았다. 좋아서 웃었다. 좋았기에 때론 참았다. 진심으로 그곳에 있는 사람들의 말을 들어주고 싶었으니까. 잘 듣기 위해 내가 거슬리지 않는 무난한 사람이라는 인상을 주고 싶었다. 그 모든 것이 마음이자 노력이라고 생각했다. 그런데 돌아보니 그 노력은 너무 '여성적'이었다.

딸 노릇

여성과 남성, 언제든 성별로 사람을 구분해 읽어내려는 세상에서 '무난한 사람' 연기를 하고 있다고 믿었지만, 실은 나는 무난한 '여자' 역할을 하고 있었다. 내가 여자가 아니었다면 당신의 말을 잘 듣고 있다는 화답으로 웃음을 지었을까. 막무가내 농담에도 까칠한 사람으로 보이고 싶지 않아 웃었고, 다과를 챙기는 순간에도 가만있지 못하고 거들었다. 식사 자리에서 수저를 놓는 일부터 말하는 사람 앞에서 무해한 표정으로 눈을 맞추는 것까지. 거리 한복판에 세워진 좁은 농성장은 현실과 동떨어진 진공 공간이 아니었다. 이 안에도 통념, 규범, 위계가 있고, 그것들이 사람 사이에서 시소 타기를 한다. 현장에서 일어나는 모든 행위와 노동에는 성별이 있고, 그 성별이 해야 하는 모범적 행동상(규범)이 있었다. 나는 그것을 열심히 따라 했다. 오직 잘 듣고 싶다는 욕심 때문이었다.

몇 년 후, 듣는 자로서 장착하고 있던 '여성적(으로 학습된)' 태도를 버리고자 했을 때 문제가 생겼다. 비어버린 자리를 무엇으로 채워야 할지 몰랐다. 성별 없이 살아본 적이 없었다. '인간적' 예의만 갖추면 되는 간단한 일이 아니었다. 우리가 사는 사회에 성별 없이 순수한 형태의 인간이란 없다.[20] 그가 가진 정체성이 그가 보여야 할 태도를 결정한다. 여성의 예의와 남성의 예의가 다르다. 상급자와 하급자의 매너도, 고령자와 청소년에게 권장되는 몸가짐도 각기 다르다. 그것들을 버리고 어떤 모습으로 예의를 갖춰야 하는지 알 수 없었다.

어느 날 한탄하듯 주변 기록자들에게 이 고민을 털어놓자 그들은 자신들도 인터뷰 자리에서 어떤 역할을 담당한다고 했다. 흔하게 하는 것은 '딸' 노릇이었다. 기록자가 의도한 행위도, 인터뷰이가 요구한 행위도 아니었다.

자신의 자녀와 나이가 비슷한 이에게서 딸의 모습을 떠올리는 것은 어쩌면 자연스러운 일이다. 그것이 말문을 열게 하고 이야기 진행을 수월하게 한다. '딸 같아서' 이야기하고, '자신의 어머니와 비교해' 화두를 잡는다. 비슷한 또래일 경우는 친구(동료)에게 품었던 것과 비슷한 동질감을 느끼며 말문을 연다. 자신이 상상하기 편한 위치나 관계에 상대를 대입시킨다. 상대를 나이로 구분짓는 것이 자연스럽다. 그러나 '편함'도 '자연스러움'도 학습의 결과이다.

청소년 성소수자들이 학교에서 또래와 관계 맺는 데 어려움을 겪는다고 할 때, 우리가 흔히 떠올리는 이유는 '아우팅 위험' '퀴어에 대한 편견' 등이다. 그런데 과연 이것만이 문제일까. 우리 사회에서 친구란, 같은 나이와 성별에 국한된다. 그 외에는 언니/동생같이 위아래가 구분된 관계만을 맺어야 한다고 한다. 비슷한 맥락에서 '이성'이라는 범주는 그 사람의 정체성이 무엇이든 관계없이 그를 '연애 대상'으로 볼 것을 강요한다. (이성과 친구가 되는 것이 가능한가 하는 지리한 논쟁이 떠오른다.) 성소수자라서 친구를 사귀지 못하는 것이 아니라, 같은 나이대와 동성만을 친구로 규정하는 문화가 이들에게 '관계 맺을' 기회를 빼앗는다.

결국, 나이나 성별로 사람을 구분짓지 않는 평등한 관계를 맺지 못하기에 상대와 이런 유사가족 관계를 맺게 되는 것 아닐까. 타인과의 거리감을 익숙한 가족 형태를 통해 해결하려 한다. 이로부터 얻어지는 것이 친숙함이라면 잃는 것은 평등함이다. 나이나 성별에 갇히지 않고 상대가 가진 정체성이나 고유함 등을 볼 기회 또한 박탈당한다.

공감대를 열 시작점

이런 고민이 깊어지는 것과 무관하게, 나는 점차 누군가의 딸은커녕 막냇동생도 되기 어려운 나이대로 진입하고 있었다. 둔한 편이라 알아채는 데 시간이 좀 걸렸지만, 나이가 들수록 중년 여성들과의 인터뷰가 점점 어려워졌다. 그들과 인터뷰할 때마다 묘하게 느껴지는 이물감이 있었다. 까슬대는 그것의 정체를 곱씹다가 그 답이 '무난하지 않은' 나 자신이라는 것을 알아차렸다.

취재 현장에서 무난해지려는 노력을 하던 나였는데, 그런 노력에도 어느덧 무난하지 않은 여자가 되어 있었다. 내가 이 사회의 표준적인 생애 주기에서 벗어났기 때문이 아닐까 싶다. 농성장 같은 취재 현장에 가면 아직도 나이 '까고', 결혼 여부 '까고', 자녀 유무를 '까야' 한다. 첫인사와 동시에 이 세 가지를 묻는데, 나는 아직 그 모두를 피하는 재주가 부족하다. 이제 더는 학생 신분이나 어린 동생과 같은 위치로 자신을 포장할 수 있는 나이가 아니다. 중년 여성들이 보기에 나는 '결혼해야지' 충고해줄 만한 나이도 지난 데다 남편도, 애도 없다. 그때부터 나는 그들과 다른 사람이다.

일상의 공감대가 자녀, 가사, 가족 문제로 귀결되는 중년 여성의 삶이 있다. 그런데 한 조각 접점도 없는 내가 그곳에 왔다. 나와 '그녀'들은 공감대를 열 시작점을 찾지 못한다. 나에게 "애는 그래도 낳는 게 좋아"라고 말할 수도, "애를 키워봐서 알겠지만"이라고 할 수도 없다. 무슨 이야기로 일상을 나눠야 하나. 서로 눈만 껌벅인다.

놀이터 벤치에 앉아만 있어도 서로 살아온 이력을 알게 된다는 중노년 여성의 친화력은, 실은 같은 경험(그러니까 가사와 육아를 전담하는 여자의 인생이라는 공통점)을 가진 자들이 맺는 순간의 강한 유대감에서 기인한다.[21] 유사한 경험을 했다는 것은 서로를 이해하는 데 커다란 지렛대가 된다. 다른 이의 삶을 자신의 영역으로 들어 올린다. 반면 접점 없는 내가 번번이 들어 올린 것은 그들의 삶이 아니라 막막함이었다. 그들과 나는 서로가 서로를 어디쯤에 놓고 대화를 시작해야 할지 위치를 잡지 못하곤 했다.

빨간 코트와 까만 코트

물론 이 어색함은 내가 그들을 자주 찾아가고 함께하는 시간을 늘리면 해결될 문제다. 동시에 평생 해결하지 못할 거리감이기도 하다. 예전에 보았던 드라마 한 장면을 떠올리는 일이 잦아졌다.[22] 세 명의 여성이 친구 사이로 나오는데, 그 중 유독 한 명이 '평범한' 삶을 꿈꾼다. 그러니까 '적당한' 나이에 결혼하고 애를 가지고 '알콩달콩' 사는 삶 말이다. 그는 빨간 코트 같은 삶을 살기 싫다고 했다.

"결혼은 나한테 너도 남들만큼 괜찮다고 얘기해주는 까만 코트야."

까만 코트는 '괜찮다고 말해주는 옷'이 아니라, 튀지 않는, 그러니까 남들과 별다르지 않은 옷이다. 다름을 들켜 사람들이 돌아보게 하지 않는 무난한 옷이다. 무난하니까 괜찮은 게다.

나는 까만 코트의 삶을 살고 싶지 않은 사람이다. 하지만 취재를 하러 가기 앞서 까만 코트를 주워 입었다. 무난함을 증명하고 싶었다. 그런데 세상의 보편적 생애주기를 따르지 않는다는 사실이 드러나면서, 나에게 빨간 코트가 입혀졌다. 패싱이 어려워졌다.

미국의 저널리스트 앤 헐은 현장을 취재하는 기자가 갖춰야 할 태도에 대해 이렇게 말했다. "눈에 띄지 않게 하라."[23] 낯선 사람임을 드러내어 주목받거나 취재를 거부당하지 않도록 주의하라는 의미가 담긴 말이었다. 많은 경우, 사람들은 자신과 다른 세상을 살아가는 사람을 경계한다. 벽을 친다. 어차피 못 알아들을 것 같은 이야기는 하지 않는다. 준비된 대본을 읊게 된다.

그 말을 명심하고 있다만, 내가 가진 정체성 자체가 '다른 사람'이 되어버린 상황에서 묘한 반항심이 생겼다. 세상에 같은 사람만 있을 리 없다. 모두가 같지 않아도 모두 같아야 하는 세상이 존재할 따름이다. 무엇이 같고 다른지를 정하는 기준이 규범이 된다. 그 규범이 힘을 발휘하는 곳이 세상이고 기록자의 취재 현장이다.

주어진 자리를 벗어나

아직도 나는 표준에서 어긋나버린 생애주기와 떨쳐버리겠다고 다짐한 성별화된 태도가 만들어낸 빈칸을 무엇으로 채워야 할지 모른다. 빈자리를 답으로 채우지 못해 질문만 늘었다. 새롭게 만들어진 질문들은 내 안에서 자리를 넓혀가더니 이내 물어왔다.

소수자는 기록자가 될 수 없는가?

기록을 활동(운동)이나 노동으로 삼는 사람도 얼마 되지 않건만, 그들 대부분도 이 사회가 말하는 '정상'의 모습을 하고 있다. '신체 건강'한 몸과 크게 '어긋나지' 않은 외모, 거기에 사회적으로 '신뢰받는' 정도의 학력과 '적절하다'고 여겨지는 생애주기를 갖춘다. 또는 다름이 숨겨지는 몸을 갖춘 모습이다. 누구도 악의를 가지고 막진 않지만 대부분의 일터에 장애인이 진입하기 쉽지 않은 것처럼, 기록 활동을 하는 데 진입할 수 있는 몸도 따로 있는 것처럼 보인다.

'무난한' 사람이 라포 형성 등에 더 유리하다는 말을 뒤집어보면, '무난함과 거리가 먼' 사람은 친밀함과 신뢰를 형성하기 어렵다는 이야기가 된다. 무난하지 않은 사람들, 사회적 규범을 따를 수 없는 사람들은 어디에나 있다. 대표적으로 사회가 '소수자'라고 부르는 이들이 그렇다. 성소수자가 이성애자의 삶을 기록하고, 장애인이 비장애인의 삶을 기록하고, 성폭력 사건 경험자가 다른 지점에서 폭력을 겪은 이를 기록하는, 이런 작업을 상상하기란 쉽진 않다. 휠체어를 탄 장애인이 직장에 진입하기 어려운 이유가 건물 문턱에만 있지 않듯 말이다. 앉은 자와 선 자의 그 눈높이 차이 하나에도 동료 관계에 어려움이 생겨나기도 한다.

소수자의 삶을 기록한 작품은 분명 예전보다 높은 관심을 받고 있다. 당사자들이 직접 쓴 작품 수도 크게 늘었다. 반가운 일이고 어떤 의미로는 당연한 일이다. 말을 건네는 일이 얼마나 중요한지 고립되어본 이들은 안다. 당사자가 줄 수 있는 공감의 언어가 있다. 몸으로 겪어낸 언어. 이 언어는 비슷한 처지를 겪는 이들에게 새로운 통로를 마련해준다. 소수자를 향한 세상의 냉대에도 이들은 기어코 자신의 삶을 기록해왔다.

그런데 여기서 의문이 생긴다. 이들은 자신의 이야기밖에 쓸 수 없는 사람들인가. 한 발 더 나아간다 해도, 같은 영역에서 같은 피해를 겪은 당사자를 만나 기록하는 정도에서 그치는 것이 현실이다. 소수자는 오직 기록의 대상이 되어야만 할까. 그는 오직 '자기 세계'만을 대변할 수 있단 말인가. 그의 세계란 대체 '어디까지'인가.

기록을 할수록, 아니 세상을 살아갈수록, 다른 서사'들'이 등장할 필요가 있음을 깨닫는다. 세상을 선과 악, 행복과 불행, 피해와 가해, 정상과 비정상으로 구분짓는 간편한 이야기는 그 의도가 아무리 선할지라도 누군가의 삶에 그늘을 지우기 때문이다. 그렇기에 '기록'이라는 노동을 한다. 구술사부터 르포르타주까지, 기록문학이란 승자의 목소리를 전하는 장르가 아니다. 소리 낼 통로가 막힌 이들의 말을 경청하는 행위를 통해 공고하게 닫힌 세상에 균열을 내려는 시도로 채워진 일이다. 물론 기록자도 이 세상을 사는 인물이라, 세상의 틀에 갇혀 기록을 시작한다. 하지만 듣고 말하고 이야기를 나누는 행위들이 작은 금을 내기 시작한다. 금이 가기 시작한 벽을 두들기며 닫힌 세상 밖으로 나가길 꿈꾼다.

우리가 꿈꾸는 것이 '다른 세상'이라면, 기록자는 주어진 자리가 아닌 다른 위치로 자신을 옮겨야 하지 않을까. 다른 방식을 궁구해봐야 하지 않을까. 주어진 자리에서 꾸는 꿈이 사람들을 움직일 거라는 믿음은 한낱 꿈이 아닐까.

여전히 과제를 안고

이런 고민을 안고도 여전히 나는 취재 현장에 갈 때면 거울을 한 번 더 들여다본다. 옷매무새를 단장하는 것이 아니다. 내가 지금 입고 있는 것이 빨간 코트가 아닌지 슬쩍 돌아본다. 여전히 갈팡질팡한다. 그럼에도 기록 활동이 나의 본모습을 찾아가는 과정이길 바라기에 최대한 나 자신으로 취재 현장에 가려 한다. 하루 중 가장 많은 시간을 들여서 하는 노동이니까. 동시에 적절하게 '패싱'을 한다. 노동이 내 삶 자체는 아니니까.

그럼에도 기록은 내 인생에서 주요한 과제이기에, 그 과제를 용감하게 해치우려 애쓴다(비겁하게 미루기도 한다). 어떤 날은 질문만 한 아름 안고 온다. 꾸준히 과제를 해나가면 운 좋게 답이 구해질지도 모른다는 기대를 품는다. 아니면 더 운이 좋아 다른 질문이 생겨날 수도 있겠다. 세상을 향해 물음을 가지는 것이 살아가는 방식의 일부라면, 기록의 빈자리는 그렇게 삶으로 채우는 것일지도 모르겠다.

5

믿어져요?

내게 기록이란 묻지 못한 질문, 하지 못한 말을 가지고 돌아오는 일이다. 기록을 하다보면 어찌할 수 없는 질문에 붙잡히는 일이 잦다. 질문지를 들고 간 사람은 나인데, 마주 앉은 이가 내게 물어온다. 때론 존재 자체가 질문인 사람들이 있다. 그가 겪은 사건과 살아온 삶이 내게 묻는다. 아니다. 그 사람이 묻는 것이 아니다. 내뱉지 못한 질문, 답하지 못한 말에 스스로 붙잡힌다.

타인을 만나는 과정에서 물음이 생기는 까닭을 모르진 않는다. 알지 못하는 사람이기 때문이다. 나는 내가 기록하는 사람들을 알지 못한다. 이해하지 못한다. 내가 인터뷰 자리에서 하는 일이라고는 예의를 갖추는 것뿐이다. 그를 온전히 알지도, 믿지도, 이해하지도 못한다는 것을 들키지 않기 위해. 내 알량한 약속 하나. '당신 말을 경청하겠다.' 증명되지 않은 약속만 믿고 여기까지 나와준 사람에게 그 예의를 지키기 위해 애를 쓰는 것이다. 그래서 자주 말문이 막혔다.

나를 멈추게 한 한마디

처음 내 말문을 막은 이는 혜경씨였다. 당시 나는 내가 그들과 다른 곳에 있는 사람이란 걸 알지 못했다. 나는 내가 취재하는 사람들 '편'이라고 생각했다. 그들이 누구인지도 모르면서 스스로를 그들 편으로 여겼다. 같은 편이니 같은 자리에 있다고 믿었다.

반도체 회사에서 일하다가 병에 걸린 사람들의 이야기를 기록하던 때였다. 처음으로 직업병 피해자를 만나러 갔다. 그전까진 세상을 떠난 이들을 사진으로만 볼 수 있었다. 그날 긴장했던가. 오래전 일이라 기억나는 것이 별로 없다. 그런데도 이 장면만은 또렷하다. 혜경씨가 내게 말을 건 순간이다.

한혜경, 삼성전자에서 일하다가 뇌에 종양이 생긴 사람. 수술로 종양은 제거했지만 뇌신경이 손상되었다. 그는 보고 말하고 생각하고 걷고 서고 움직이는 일에 어려움을 겪었다. 부축을 받으며 위태롭게 식당에 들어와 그는 내 옆자리에

철퍼덕 앉았다. 몸을 잘 가누지 못했다. 반도체 직업병에 관한 글을 쓸 작가라고 누군가 나를 소개했던가. 그는 내 쪽으로 고개를 돌렸다. 야윈 얼굴이 바로 내 옆으로 왔기에 나도 시선을 떼지 못했다. 인사를 생략한 채 혜경씨는 말했다.

"믿어져요? 내가 장애인이 됐어요."

평생 내 삶에 들어올 거라 생각해본 적 없는 정체성이었다. 변해버린 자신의 몸을 받아들일 수 없는 이가 내 앞에서 물었다. 어리석게도 그제야 깨달았다. 인터뷰를 백번 천번 한다고 해도 이 사람 몸은 원래대로 돌아가지 않는다는 사실을. 세상을 바꾸고 기업의 탐욕을 멈추고 법을 개정하고 직업병을 인정받고자 그리고 억울함을 풀기 위해, 그는 말하고 나는 듣는다고 생각했다. 같은 동기로 움직이니 우리는 같은 편이라고 생각했다. "믿어져요?"라는 말 앞에 일순간 모든 것이 무의미해졌다.

나와는 전혀 다른 저 사람의 삶 어딘가에 내 말이 접속할 수 있을까. 기록이 그의 삶에 과연 어떤 의미가 있을까. 아니, 이런 고민을 할 시간도 없었다. 신체가 손상된 사람을, 인생에서 중대한 사건을 겪은 이를, 아니 누구라도, 그러니까 사람을 어떻게 대해야 하는지 떠올려야 했다. 눈은 어디에 두어야 하는지, 말하는 속도는 어떠해야 하는지, 무엇을 묻고 무엇을 묻지 말아야 하는지. 내가 배운 모든 것을 동원해서 추측해내야 했다. 그래야 무슨 말이라도 건넬 수 있었다. 얼마 지나지 않아 인정해야 했다. 내 인생의 모든 것을 헤집어도 답을 구할 수 없다는 것을. 나는 타인을 어떻게 대해야 하는지 모르는 사람이었다.

자신만의 답을 찾은 혜경 언니

혜경씨의 물음이 나를 향한 것이 아니라는 사실을 그때도 알았다. 자신에게, 아니 가혹하고도 어처구니없는 운명에게 묻는 말이었는지 모른다. 내게 답을 구하는 질문이 아니라는 걸 알면서도 답하지 못한 순간, 그 질문은 내게 돌아왔다. 그 후 일하다가 다치고 병든 사람들을 찾아가 물었다. 당신들이 이런 일을 겪는 이유가 무엇이냐고. 그이를 그렇게 만든 운명의 다른 이름이 '사회'라는 것을. 어떤 구조, 어떤 작동이라는 것을 밝히고 싶었다. 직업병과 산업재해에 관한 두 권의 기록집을 냈다. 쓰면서도 알았다. 원고지 2000매 넘게 적어 내린 이 글들조차 혜경씨가 던진 물음의 답이 될 순 없다는 것을.

수년이 지나 혜경씨는 내게 '혜경 언니'가 되었다. 언니는 산재 인정 싸움을 10년 가까이 했다. 몸도 잘 가누지 못하는 사람이 삼성전자 본관 앞에서 3년이나 농성을 하더니 결국 산재를 인정받았다. 지금도 삼성 이야기를 하면 주먹을 꼭 쥐고 몸을 부르르 떨겠지만, 직업병임이 밝혀졌다고 몸이 예전으로 돌아오는 것도 아니지만, 분명 그는 달라져 있었다.

내 마음을 당기는 말을 들리는 대로 적던 그때, 혜경 언니와 어머니(김시녀씨)의 대화에서 다음 구절을 받아 적었다.

"엄마가 고생이 많아."

"아니야. 엄마잖아."

"나 나중에 또 병 걸리면 수술시키지 마. 진짜로 약속."

"됐어, 이 지지배야."[24]

집 팔고 적금 깨서 한 수술이다. 집에 돈 보태는 낙으로 일해온 사람이 자신의 병 때문에 큰돈이 병원으로 흘러가는 것을 본다. 잔혹하고 슬퍼서 책에 담았다. 하지만 그 후로 혜경 언니는 몇 차례 더 병원을 찾았다. 치료도 하고, 수술도 했다. 그날 모녀가 나눈 대화는 유효하지 않았다. 상황이 달라졌다. 혜경 언니의 병은 어머니만 감당해야 하는 일이 아니게 됐다. 그들 옆에 산재 인정 싸움을 함께하는 반올림(반도체 노동자들의 건강과 인권 지킴이)과 사람들이 있었다. 주변의 도움으로 재활 치료를 안정적으로 받을 수 있게 되자, 혜경 언니는 우리가 처음 만난 날보다 몸 상태가 나아졌다. 허나 남모르게 아픈 곳은 더 많아졌을지도 모른다. 나이가 들어가니까. 아픈 몸에도 시간이 쌓였다. 그 시간 덕분에 나는 우리가 처음 만난 날부터 사로잡힌 질문에서 조금은 자유로워질 수 있었다.

한 장의 사진을 본 것이다. 혜경 언니의 모습이 담긴 사진이었다. 장애인 인권운동 단체가 연 행사에서 '장애 차별 철폐'라는 문구가 쓰인 몸자보를 입고 있었다. 얼마나 뜻이 있어 입었는지는 모르겠다. 다만 사진을 보며 그가 처음 내게 건넨 말을 생각했다. "믿어져요?" 혜경 언니는 자신만의 답을 찾아가고 있었다. 시간만 흐르는 것이 아니었다. 한혜경이라는 사람도 함께 움직였다.[25]

그이를 거쳐간 시간

기록이 무슨 의미가 있을까. 그이의 달라진 몸 앞에서 나는 입 밖에 낼 수 없는 의문을 가졌지만, 그럴 필요가 없는 일이었다. 그의 인생에 의미를 부여하는 것은 나와 나눈 한두 차례의 인터뷰가 아니었다. 나를 거쳐 세상에 쏟아낸 몇 마디 말도 아니다. 그가 말하고 움직이고 관계 맺어온 시간 사이에 나와의 만남도 놓여 있을 뿐이다. 내가 하지 못한 대답도, 내가 묻지 못한 질문도, 그날의 당혹과 애씀도, 그이를 거쳐 간 시간이 된다. 그 시간이 쌓여 삶이 되고, 살아가는 일 자체가 우리에게 의미가 되고 답이 된다.

물론 혜경 언니는 다시 그때와 같은 질문을 던질지 모른다. 자신의 몸이 믿어지냐고. 시간의 발목을 잡는 것이 사건이고, 손상이고, 상처다. 온전히 변하지 못한 것은 나 또한 마찬가지다. 지금껏 마땅한 대답을 찾지 못했다. 다시 묻는다면, 그날처럼 어색한 표정만 지을지도 모른다. 그래도 다행인 것은 내가 언니에게 건넬 다른 농담을 알고 있다는 것 정도.

"언니 그거 알아요? 언니가 예전에 나 만날 때 뭐라 그랬는지?"

"으응? 뭐라 했는데?"

"나는 뵈는 게 없는 년이야."

"내가? 어휴."

"언니가 나한테 그랬다니깐."

사물이 흐릿하게 보이는 그의 시야를 걱정하면서도 깔깔거릴 농담이다. 농담이 재미있어서 웃는 건 아니다. 성장하고 도태하고 머물고 돌아가는, 그러면서 어제와는 묘하게 다른 오늘의 자신으로 살아가는 그 길목 한 귀퉁이에 나의 기록이 놓였으면 좋겠다는 바람으로 웃는다.

한때 잠깐, 또는 질기게 만나기도 하는 기록자와 인터뷰이가 서로의 인생에 어떤 영향을 미치는지는 나도 모른다. 솔직히 말하자면, 내 기록이 누군가의 인생에 그리 큰 의미를 새긴다고 여기진 않는다. 여전히 나는 내가 기록하는 이들을 잘 모른다. 내가 기록한 어떤 이의 내면이 단단해지는지 무너져 내리는지 쉬이 알지 못한다. 다만 오늘도 누군가에게 다가갈 뿐이다. 당신과 내가 내일은 지금 이 자리에 머물지 않을 거라는 믿음으로.

기록하러 가서는 여전히 꺼내지 못한 말, 묻지 못한 질문을 가지고 되돌아온다. 하지만 더는 홀로 끙끙대지 않는다. 나 혼자 풀 수 없는 문제임을 이제는 안다. 기록노동이라는 것을 놓지 않는 한, 내가 묻지 못한 말에 자기 방식으로 결국 답을 만들어가는 이들을 볼 수 있다. 이들은 움직이고 나아가고 살아간다. 그걸 인정하고 지켜보는 일이 나의 노동이 된다. 그들의 시간을 훔쳐보며 나 역시 아주 살짝 단단해진다.

그러니 오늘도 살아가고 싸우고 견뎌내는 일을 기록한다.

1 19세기 중엽부터 광복 때까지 러시아와 구소련 지역으로 이주한 이들과 그 후손들을 가리키는 말이다. 문헌에는 1863년(철종 14년) 한인 농민 13세대가 두만강을 건너 연해주 포시에트 지역에 정착하면서 최초의 이주가 이루어졌다고 기록되어 있다. 1937년 스탈린 정권은 연해주를 중심으로 마을을 꾸려 정착한 고려인들을 당시 황무지와 다를 바 없는 중앙아시아로 강제 이주시켰다. 혹한의 날씨에 3만여(17만 명) 가구를 단시간에 이주시키는 과정에서 1만 명 이상이 목숨을 잃었다고 전해진다. 이후 고려인들은 그곳에서 집단농장을 꾸리며 거주했다. 현재 약 50만 명의 고려인들이 러시아를 비롯해 중앙아시아(우즈베키스탄, 카자흐스탄, 우크라이나 등)를 거점으로 살아가며, 2010년 이후 한국으로 이주하는 고려인 수가 크게 늘어 5만여 명이 입국했다고 추정된다.

2 이때 취재한 내용을 기록한 글의 일부를 가져온다.

"고려인들이 어릴 적 가족들에게 묻는 말이 있다.

'우리는 한국인이라면서 왜 러시아에 살아요?'

대답을 듣고 나면 다음 질문이 이어진다. 한국은 어떤 나라에요?

'부모님이 그랬어요. 한국에 가면 다 우리처럼 생겼다. 그런 말 자주 들었어요.'

……

정체성을 물었더니 엉뚱한 답변을 한다.

'저를 호모사피엔스라 생각해요.'

일단 웃고, 이어 물었다. 왜 그렇게 생각하냐고.

'저는 사람을 민족으로 보는 스타일이 아니라서요. 사람이 사람인데, 왜 국적이나 인종으로 따지나요?'

한국 사람들이 보는 자신을 이렇게 표현했다. '같은 나라 사람인데 외국인.' 자신이 받고 있는 외국인 취급을 알고 있다. 자신은 사람을 민족으로 구분하지 않는다고 강조한 까닭이 여기 있는 듯하다.

한국은 인종, 민족, 국적(나라) 개념이 구분되지 않은 사회이고, 그래서 이 중 하나라도 어긋난 정체성은 받아들이지 못한다. 아니 받아들일 필요를 느끼지 못한다. 우리에게 친숙한 민족(인종)적 타자는 도심에서 보는 관광객과 영미권 영어강사, 그리고 예능 프로그램 방송에 나오는 '대한외국인' 정도다.

대다수의 이주민은 저임금 노동력으로 분류된 채 눈길 닿지 않는 곳에 머문다. 몇 년 일하다 제 나라로 떠날 존재로 인식된다. 받아들일 필요가 없으니 고민도 없다. 고민의 부재는 고려인이라는 복합적인 역사를 지닌 존재 앞에서도 드러난다. 고려인들이 눈앞에 나타나면 우리는 편리하게 '한민족'과 '외국인'이라는 개념을 공존시킨다. 사실 그 말이 지닌 의미란, 너는 다른 사람이라는 것뿐이다." 희정, 〈나는 한국에서 환대받는 존재입니까: 고려인 청소년들이 묻는다〉, 프레시안, 2019. 5. 1.

3 "당연하기에 굳이 말할 필요가 없다. 우리는 보편(적인 정체성)에 대해 말하지 않는다. 그래서 보편의 또 다른 이름이 특권이라는 사실도 잊는다." 희정, 《퀴어는 당신 옆에서 일하고 있다》, 9쪽.

4 부당함을 겪는 사람들은 흔히 국가의 역할에 대해 의문을 품기 마련이다. 아래 구술과 글은 싸우는 사람들이 겪는 감정의 변화를 말해준다. 2013년 밀양 송전탑 반대 투쟁이 한창일 때 밀양 주민들이 낸 목소리이다.

"주민들은 느낌이 어떤가 하면요. 정말로 우리 어느 누구 하나 시골에 살면서 선량하게 살았다고 생각하거든요. 근데 이 공권력하고 맞닥뜨려졌을 때, 버려졌구나, 우리는 이제 버려졌구나. 사실이고 진실이고 다 떠나서 거짓이 이기고, 모든 권리를 박탈당하는 상황. …… 대한민국의 국민이 아닌 걸로. 이제 국민이 아니에요. 버렸어요, 정부는, 우리를. …… 설마설마 했어요. 그래도 나라인데, 공정하게 하겠지 했는데." 이게 법인가. 대한민국 법이 이런가." 희정, 〈요즘 밀양… "이내 억울함 누가 아나"〉, 일다, 2013. 11. 3.

5 정확히 말하자면, '자동으로 취득한' 성원권이라는 것은 없다. "국민이나 시민이라는 자격은 '비국민' 혹은 '난민화' 되는 존재들을 양산함으로써 성립되고 유지된다. 어떤 사건이 발생하면 국가 권력뿐 아니라 국민/시민들 또한 한 치의 주저함도 없이, 모종의 구분선으로 누군

가를 내치거나 밀어내며 자신들의 자리를 견고히 하기 때문이다." 심아정, 〈'국민화'의 폭력을 거절하는 마음: '난민화'의 메커니즘을 비추는 병역거부와 이행을 다시 생각하며〉, 김기남 외, 《난민, 난민화되는 삶》, 갈무리, 2020, 141쪽.

6 이향규, 《후아유》, 창비교육, 2018, 7쪽.

7 같은 책, 31쪽.

8 같은 책, 8쪽.

9 박외순씨의 이야기는 노동자들의 인터뷰를 재구성한 것이다. 특정인의 인터뷰가 아니다.

10 대화에서 상대가 말문을 열기를 기다리는 일은 중요하다. 인터뷰에서 침묵은 말이 없는 순간이 아니다. 인터뷰이가 말을 놓을 자리를 내어주는 일이다. 그 침묵을 어떻게 함께 견뎌냈느냐로 인터뷰의 밀도가 결정되는 경우도 많다. 침묵을 기다리는 가장 좋은 방법은 같이 침묵하는 것이다. 정 못 견디겠으면, 속으로 숫자라도 세어야 한다. 하나, 둘, 셋. 열이 되기 전에 인터뷰이는 이야기를 시작할 것이다.

11 인터뷰이가 살아온 삶의 방식을 쉬이 평가하거나 해석하는 일, 인터뷰이의 사연을 주저 없이 사례로 사용하는 일, 인터뷰이에게 허락을 구하지 않고 사연을 공개하는 일, 인터뷰이를 보호할 장치 없이 글을 쓰는 일. 이 모든 것이 길을 잃게 한다.

12 이와 관련해 현장에 한시적으로 머물며 질적 연구를 하는 연구자를 보는 현장 활동가의 시선이 들어간 인터뷰 내용 일부를 옮겨온다. 인터뷰 이후 남겨진 사람의 심정을 더듬어볼 수 있는 글이다.

"아무튼 전 싫은 게 뭐냐면 결국은 이 여성(연구 참여자)은 남겨져 있을 거고, 얘(연구자)는 차를 타고 그냥 가는 거예요. 이 사람은 혼자 조그만 방에 웅크리고 있으면서 무슨 생각이 날까요? 순간적으로 카타르시스를 해소한다 해도. 어떤 사람은 카타르시스, 스트레스를 해소할 수 있어요, 자기 입장에서. 근데 이 사람들은 '과연' '인터뷰할 때 분위기가 좋았어' 그러면서 내(연구자)가 언니(성산업 종사자)를 위해서 충분히 잘했다고 생각하지만, 어쨌든 그러고 갈 거 아니에요, 그 사람은 쪽방에 앉아 있는 거예요. …… 그 사람의 잊힌 과거의 기억들이 있을 거 아니에요. 그거 묻고 지나가는 것일 수도 있는데 '막' 자극해가지고 한단 말이에요." 김미덕, 〈인류학 연구 과정에서 발생하는 권력 메커니즘에 대한 논의〉, 한국문화인류학 46(1), 2013, 10쪽.

13 "극빈한 삶을 살아온 사람은 이 여자가 내 이야기를 잘 들어주고 해서 다 이야기했는데 이 여자가 가고 나면 '내가 뭔 짓을 한 거지' 하는 기분을 가질 수 있어요. …… 그럴 경우 화자가 마음앓이를 하고 있다는 것을 미리 예상하고 인터뷰 중간이나 다음 인터뷰 전에라도 한 번 연락을 하든가 찾아가든가 해야 해요. 그리고 책이 나오고 나서도 화자와 끊임없이 관계를 갖고 저는 이런 것들이 화자의 고난을 우리에게 공유해준 것에 대해 화자를 소외시키지 않는 일이라고 생각해요." 최현숙, 〈구술생애사의 쓸모: 최현숙의 《할배의 탄생》〉, 154쪽.

14 성 정체성이나 사회적 성, 성적 지향을 확립하지 못하고 스스로 질문하는 사람이다. 성 정체성이나 성적 지향을 확립하지 않은/확립하길 거부한/확립하지 못한 경우나 사람을 뜻한다.

15 자신의 성별 정체성에 맞게 사회적 성별을 변화시키는 과정을 뜻한다. 수술 등을 통한 신체 및 외모 변화, 법적 성별 정정 등을 포함한다.

16 이 글을 쓴 후에 마늘이 성별 적합 수술을 했다는 소식을 듣게 됐다. 관련 이야기는 이 책 3부 〈싸우는 여/성들〉에서 볼 수 있다.

17 "외부에서 평가가 진행되기에 능력과 성과를 공정하게 인정받는 곳"이라는 것이 마늘의 생각이다. '외부 평가'란 고객이 하는 상담원 서비스 평가를 가리킨다. 고객은 마늘의 성별을 모른다. 마늘의 외모도 모른다." 희정, 《퀴어는 당신 옆에서 일하고 있다》, 79쪽.

18 같은 책, 74쪽.

19 구술자의 "나는 할 이야기가 없는데"와 같은 표현을 자신의 인생 이야기를 발화해본 적이 없어 자기 서사의 가치를 파악하지 못하는 이의 언어로 흔히들 해석하지만, 다른 한편으로 나에게는 이 말이 인터뷰이의 경계심을 표현한 언어로도 느껴진다. 즉 '할 말이 없다'가 아니라 '당신에게 할 말이 없다'고 해석할 수 있다. 그럴 때 '당신'은 누구인가.

성실하지 못한 기록자일 수도 있고, 프로젝트가 끝나면 사라질 연구자일 수도, 타인의 삶을 알지 못하는 청자일 수도 있다. 기록하는 이는 '할 이야기가 없다'라는 말로부터 자신의 위치(인터뷰이와의 거리)를 떠올려보아야 한다.

20 우리가 떠올리는 인간의 영역은 실은 굉장히 좁다. 심지어 남자, 여자도 마찬가지다. '여자'를 떠올릴 때 장애인 여성의 모습을 떠올리는 사람이 얼마나 될까? 사회가 규정하는 인간, 또는 남자/여자 개념은 특정한 신체적, 정신적, 정서적 조건을 전제한다.

21 하지만 여기에는 고려해야 할 것이 있다. 그들이 순간적으로 유대감을 나눠 갖는 공간은 '놀이터 벤치'이다. 주로 사회적, 문화적 자산이 비슷한 계층이 모일 수밖에 없는 아파트나 같은 동네 놀이터 말이다. '노동력'의 육체가 재생산되는 모든 과정을 개인과 가족 집단에게 전가하는 현 사회에서 '양육자'(특히 여성 양육자)가 처한 불합리하고도 취약한 위치는 공통의 공분과 감정 교환을 이끌어내는 강한 매개임이 분명하다. 하지만 여성 양육자들 사이의 동질감이나 유대감에 대해 말할 때조차 계층과 사회적 위계를 고려하지 않을 수 없다.

22 〈이번 생은 처음이라〉, tvN, 2017. 10. 9.~2017. 11. 28.

23 마크 크레이머·웬디 콜 엮음, 《진짜 이야기를 쓰다: 하버드 니먼재단의 논픽션 글쓰기 가이드》, 최서현 옮김, 알렙, 2019, 110쪽.

24 희정, 《삼성이 버린 또 하나의 가족》, 아카이브, 2011, 228쪽.

25 이 일화가 장애 '극복' 서사로 읽히지 않기를 바란다. 한혜경은 아픈 몸이 된 후, 자신을 공동체와 분리하고 살아갈 자원을 차단하는 사회를 만났다. '정상' 범주에 들어오지 않는/못하는 몸을 이런 식으로 대우하고 활용하는 사회는 10년이 지난 지금도 변하지 않았다. 다만 나는 그날 한혜경이 세상과 자신의 위치를 해석하는 단초를 보았기에 기뻤고 안도했을 뿐이다.

3부

싸우는 여/성들

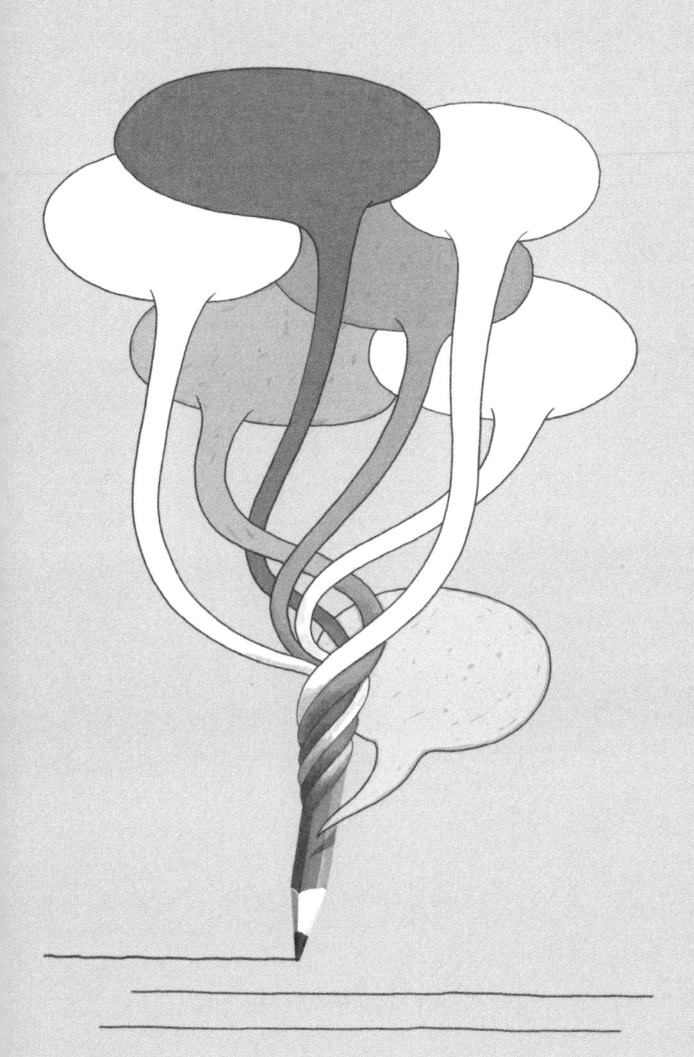

1

싸우는 여자는 어디든 간다

톨게이트 요금 수납 노동자들의 217일 파업

"솔직히 해고될 줄은 몰랐어요. 7월에 자회사를 만든다고 했지만 1500명이나 반대하는데 설마. 겁이 나는 게 아니라, 이 많은 해고자를 만드느니 자회사 방침을 한 번 더 검토하겠거니 생각한 거지요."

설마, 우리를 전부, 해고할 줄 몰랐다는 사람이 있다. 톨게이트 요금 수납 노동자(이하 톨게이트 노동자)다. 한국도로공사(이하 도로공사)는 그와 동료들에게 말했다. 직접고용은 할 수 없으니 자회사로 가서 정직원이 되라고. 자회사를 선택하지 않으면 해고를 한다고 했다. 설마, 이 많은 사람을 다 해고시킬까?

나 또한 그리 생각했다. 심지어 도로공사는 공기업이다. 사회적 비난을 감수하고 이토록 많은 사람을 하루아침에 해고할 수 있을까? 설마 하는 기대는 사뿐히 무시되었다. 2019년 6월 한 달 동안 1500여 명의 수납 노동자가 해고된다.

1000명 단위 해고가 전례 없는 일은 아니다. 한국은 외환위기를 겪은 나라다. 그때 정리해고 허용 요건이 크게 완화됐다. 2009년에는 쌍용차 노동자 2600여 명이 정리해고된 일도 있었다. 하지만 당시에는 국가 혹은 회사가 망했다는 명분이라도 있었다. 톨게이트 노동자들은 그런 명분도 없이 잘렸다. 사회적 공분도 달라 보였다.[1] 쌍용차 사태 때는 '가장'이 잘렸다고, 사람 하나가 잘린 것이 아니라 그 가장들이 책임지는 수천 명 식솔의 밥줄이 잘려나갔다고들 했다. 그러나 톨게이트 노동자들 앞에서 이런 말은 나오지 않았다.

그래, 솔직히 이 질문을 던지고 싶었다. 톨게이트 노동자 1500여 명이 모두 남성이어도 이렇게 한꺼번에 해고할 수 있었을까?

잘리는 것은 어려운 일이 아니에요

아르바이트 자리 하나만 잘려도 며칠은 마음이 지옥이다. 그런데 톨게이트 노동자들은 끔찍하다거나 절망스럽다는 말을 잘 하지 않았다. 나는 그 점이 의아했다. 이들이 자주하는 말은 "약이 올랐지"였다. 야금야금 자신들을 우롱해온 도로

공사에 대한 울분이 쌓이고 쌓여 지금의 투쟁을 만들었다고 했다. 그런데 울분에 비해 해고 사건을 말할 때는 담담했다. 해고가 겁나거나 걱정되지 않았느냐는 나의 물음에, 한 톨게이트 노동자는 말했다.

"잘리는 것은 어려운 일이 아니에요."

그럴 리가. 잘리는 것은 어려운 일이다. "해고는 살인이다"[2]라는 말까지 있다. 하지만 잘리는 것이 어려운 일이 아니라는 건 이들이기에 할 수 있는 말이다. 여자이기에, 더 정확히는 세상이 나이 들었다고 여기는 여성이기에.

평균 직원 수가 열댓 명인 영업소에서 1년에 한두 명은 꼭 잘렸다. 왜? 도로공사는 하이패스 때문이라고 했다. 글쎄. 톨게이트 노동자들에게 계약 기간을 물으면 6개월도 말하고 1년도 이야기한다. 이런 식의 계약이 가능한 부류의 사람들이 있다. 해고하기 더 쉬운 사람들. 보통은 여성, 그중에서도 '나이 든' 여성일 가능성이 크다.

제조업체에 다니던 여성에게 들은 말이 있다. 그이의 회사는 이런 식으로 계약을 한다고 했다.

"애를 낳을 수 있으면 6개월 계약을 하고, 애를 낳을 수 없는 여자는 1년 계약을 했어."

출산과 양육을 '해야 하는' 여자와는 단기 계약밖에 하지 않는다. 다른 사무직 여성은 이렇게 말했다. "여자 쓰면 비용이 이중으로 든다고 생각하니까요." 육아휴직 등에 들어가는 비용을 의미했다. 하지만 그이는 정규직이었고, 생산직 또는 계약직 여성에게 드는 이중 비용은 또다시 해고해야 하는 번거로움을 뜻할 뿐이다.

이런 세상이 기혼 여성들에게 평생직장[3]을 줄 리 없다. 고정된 일자리도, 정규직도 주지 않는다.

"내가 애들 좀 키워놓고 다시 나오려고 하니까 그 자리는 없는 거예요. 이미 일자리는 계약직이 만연하고, 경력 단절 여성에게 정규 일자리 진입은 너무 어려운 일이에요."[4]

'다시 나온' 여자들을 기다리는 것은 단기 일자리였다. 계약직이면 그나마 다행이었다. 아르바이트, 파트타임 등 1년마다 계약서를 다시 쓰는 자리, 아니 그 계약서마저 쓰지 않는 일자리가 그들에게 주어졌다.

정부마저 '일과 가정의 양립' 운운하며 시간제 일자리를 권장했다. 덕분에 회사는 합법적으로 단시간 인력을 쓸 수 있었다. 아이러니하게도 '일과 가정의 양립'이 일하는 사람의 자리를 불안하게 만들었다. 집과 직장이 갈등하면 여자는 집을 선택해야 했다. 우리가 흔히 아는 종류의 갈등이다. '여자가 없으니 집안 꼴이 엉망이다' '식구 병간호할 사람이 없다' 같은 말.

이들이 톨게이트를 직장으로 선택한 이유에도 '집'이 있었다. 수납하는 일의 장점을 꼽아보라 하니 수면시간이 매번 바뀌는 고단한 근무 형태인 3교대를 들었다. "낮에 집안일을 볼 수 있으니까." 그리고 또? "잔업이 없다는 거." "집에 가면 회사 일을 그냥 잊어버릴 수 있으니까." 왜 회사 일을 잊어야 하나. '집안일'을 해야 하니까.

'가정 있는' 여자는 짧게 일하고 쉽게 잘린다. 자르면서도 해고라고 여기지 않는다. 집에 가서 '쉬라고' 한다. 퇴사를 거부하고 버티면 '남편이 어디 모자라서' 그러는 거냐는 핀잔이 돌아온다. 그러니 이번이 여성 노동자들 인생에서 처음 맞는 해고일 리 없다. 도로공사도 이를 알기에 대량 해고를 감행할 수 있었다. 사회적 비난도 부담도 '가장을 해고하는 것'과는 다르다.

'아줌마'이니까

이들은 해고 통고 앞에 아쉬울 것도, 절망스러울 것도 없다. "해고한다면 겁낼 줄 아냐." 해고 당일이 되기도 전에 상경해 서울 톨게이트 앞에 진을 쳤다. 어차피 여길 떠나도 자신들을 기다리는 것은 해고당하기 쉬운 직장이다. 그런 일자리밖에 가질 수 없는 여성들이라서 싸웠다.

"쌓여온 게 폭발했던 것 같아요. 우리가 '아줌마'고 비정규직이었다는 사실이. 우리에게는 그게 있어, 울분이. 그 열기가 폭발력이 있었어요."

잘 싸운 이유에도 '아줌마'를 가져온다.

"우리끼린 말해요. 아줌마들이니까 해냈다고."

그런데 지금껏 도로공사와 영업소에 마땅한 권리를 빼앗기고 당해온 이유도 '아줌마'에 있다고 했다. "아줌마들이 뭘 알아. 할 말 못하고 살았지."

'아줌마'라는 말이 뭐 이리 많은 의미를 지닌단 말인가. '아줌마'들은 뭘 모르는 존재라고 하기에 물었다. 그러면 언제부터 알게 된 거예요? 이리 물으면, 대부분 노동조합 이야기를 꺼낸다.

"노조 하면서 똑똑해졌지."

권리를 알게 되고, 할 말 하게 되었다는 말이었다. 이런 대답에 감동하던 때도 있었다. 지금도 기쁘다. 한국 사회에서 일하는 사람이 자기 권리를 이야기할 수 있는 몇 안 되는 권리의 장이자 매개가 노동조합이라는 것을 알기 때문이다. 그러나 이런 서사도 한두 번이지. 의문 가질 때도 됐다. 정말 그런가? 이들은 아무것도 모르는 백지의 상태였다가 노동조합을 만나 각성한 것인가? 이들의 이전 삶을 그렇게 아무것도 아닌 것으로 만들어도 되는가?

'정말' 몰랐냐고 물으면, 친절하게 이유를 설명해주는 이들도 있었다. '애들' 키우느라 집 안에 갇혀서 세상 돌아가는 걸 몰랐다고.

"유모차를 끌고 나가면 유모차 끄는 엄마들만 만나게

되는 거고. 어린이집 가면 어린이집 엄마들만 보는 거예요. 내 세상이 딱 그만큼인 거예요."

그 세상을 넓혀 나오니 해고가 손쉬운 세상이 기다리고 있었다. 기혼 여성이 복지나 임금 조건을 따지는 것은 사치였다. 톨게이트 노동자들은 그들이 투쟁을 통해 알린 바대로 불합리한 노동 조건에 처해 있었다. 하지만 버텼다. 세상은 이들의 벌이를 '애들 학원비' 취급하지만, 그저 학원비 벌려고 하루 여덟 시간 직장생활 하는 사람은 없었다.

"알고도 속고 모르고도 속으며 살아왔다."

때로 몰라야 하는 상황이 힘에 부치면 "아줌마들이니까"라는 말로 체념했다. 세상이 중년 여성에게 얼마나 각박한지 아니까.

버티고 버텨 익힌 기술

"미스 때 일하는 거랑 아줌마가 되어 일을 하는 거랑은 다르다는 걸 느껴요. 미스 때는 지금보다 수월하게 일을 한 거 같아요. 많이 봐주는 느낌도 있었고. 그런데 아줌마가 되어서 노동 현장에 들어갔을 때는 봐주는 게 전혀 없는 거예요. 나에게 더 요구되는 것들이 있어요. 더 가혹하게. 그게 현실인 것 같아요."

'아줌마가 되어 일하는 게 다르다'는 말은 늘어난 업무량이나 줄어든 월급만을 의미하지 않는다. 한국은 공공연하게 중년 여성을 매도하고 무시하는 사회다. 세상이 관용을 베풀지 않으니 제 살길을 도모해야 하는데, 그러면 '드세다' '단순무식하다' '막무가내다' 따위의 이미지가 따라붙는다.

노화는 누구에게나 오는 것인데, 나이에 이런 비하가 따라붙는 것은 이상한 일이다. 비하의 대상이 되는 일을 유예하려면 '돈'이 있거나 돈으로 형성한 젊음(안티-에이징)이 있어야 한다. 하루하루 일하며 생활을 꾸리는 사람들에게는 가능하지 않은 이야기다.

자신들을 바라보는 세상의 시선을 알기에 이들은 몸을 낮춰 살았다. 스스로도 "아줌마가 드세지"라는 말을 입버릇처럼 했다. 동시에 힘차게 싸운 후에도 다른 사람들 눈에 드세게 보이면 어쩌나 걱정했다. 그래서 치열하게 싸운 경험을 자랑하다가도, 금세 염려된다는 표정으로 "우리가 원래 안 이랬는데" 한다. 그때마다 나는 이들의 '원래 모습'을 떠올리고, 노동조합을 만나기 전 그들의 삶을 들여다보게 됐다.

몸은 낮췄지만 삶은 치열했다. 뭐 그리 대단한 삶의 굴곡이 있어서가 아니다. 국가도 사회도 크게 보태주는 것 없는 세상에서 자식을 키우고 가족을 건사하고 제 벌이를 하려면 치열해야 했다.

세상은 요금 수납 일을 '아무나 하는 일'이라고 비하하지만 이들에게 이 일은 버텨내어 익힌 기술이었다.

"교육받고도 한 달은 (미납 요금을 메꾸려) 자기 돈 써가면서 일해야 해요. 돈도 깨지고 사람도 깨지니까 그만두는 사람 많아. 다들 자신과의 싸움을 해가면서 버티며 한 고개를 넘어온 거야."

적응이 끝나면 자기 자리에서 숙련을 쌓고 노하우를 만들어간다.

"드센 아저씨들이 있어요. 막 소리 지르는. 어떻게 그 사람들을 상대해."

그러나 상대한다. 일이니까.

"뺑도 무지하게 치면서 잡았어. 저희는 해드리고 싶지만요~ 카메라가 다 보고 있거든요~ 앞에 카메라에 있어 다 찍힌다, 나중에 돈 다 물어야 한다고."

어떻게든 방도를 찾는다. 여기가 내 직장이니까.

네모난 한 평짜리 세상

영업소 사장들이 목숨 걸었던 평가/성과 점수 항목에는 고객 민원이 있었다. 그 민원을 앞장서 막아야 하는 이는 톨게이트 여성 노동자들이었다. 일이기에 했다. 일이니까 '되게' 했다. 자신만의 노하우를 쌓았다. 그렇게 자기 자리를 만들어갔다. 자신들의 노동이 무엇이라 폄하되든 네모난 한 평짜리 세상, 톨게이트 수납 부스에선 즐거웠다고 했다.

"부스 안에서 모든 책임은 내가 갖는 거야. 그 작은 세상에서 내가 주인이 되는 거고."

가정도 일터도 그이들만의 자리를 주지 않았다. 가정은 그들과 돌봄노동을 떼어놓지 않았고, 사회는 네가 본디 있을 장소는 집이라며 그것을 저임금을 주는 근거로 들이밀었다. 그럼에도 이들은 일터에서 자신의 자리를 만들었다. 그 자리를 두고 동료와 경쟁도 하고, 때론 동료의 자리를 함께 지켰다.

영업소 사장은 너희들 중에 나갈 사람을 스스로 뽑으라는 잔인한 짓도 시켰지만, 한 달 벌이가 얼마나 소중한지 아는 여자들은 십시일반 돈을 모아 한 사람분 월급을 만들어 동료의 고용을 지켰다. 그렇게 함께, 때론 홀로 분투하며 너와 나의 자리를 마련했다.

"우리의 지나온 삶 자체가, 용역 회사에 있으면서 그 누구보다 치열하게 살았다는 것을 본인(도로공사)들이 더 잘 알아요."

자리 한 켠, 설 곳 하나 마련하려고 치열하게 살아냈다. 그 저력으로 이들은 자신들을 단순무식으로 보는 시선, 자신들의 싸움을 막무가내로 보는 시선, 자신들의 노동을 아무나 할 수 있는 단순반복으로 보는 시선을 거부했다. 자신들의 본래 자리를 찾아가겠다고 싸웠다. 도로공사는 본래 이들을 직접고용해야 했다.

그 자리를 찾기 위해 이들은 스스로 방도를 마련했다. 어떤 자원도 쉽게 내주지 않는 사회에서 이들은 자신들에게 유용한 자원을 스스로 획득했다. 집단이 되어 노동조합으로 모인 것이다. 옆 사람과 함께 가는 일, 뭉치는 일이 필요하다는 것은 이들이 치열하게 살아온 과정에서 획득한 교훈이다. 함께했고, 조직했고, 그러므로 할 말을 할 수 있게 됐다.

'여자들'이 왜 이렇게 잘 싸우냐면

217일간 '집을 떠나' 한 싸움은 할 말을 하는 과정이었다.

"도로공사 사장이 아주 아줌마들을 허투로 봤다고. (해고되면) 우리가 얼마 안 남을 줄 알았는데, 많이 남아 놀랐을 거야."

대량 해고를 감행하며 도로공사는 사회적 비난만 계산하진 않았을 것이다. 주체들의 저항 여부도 주요 고려 사항이다. 해고를 거부하고 끝까지 싸울 사람이 얼마나 되나. 아마 도로공사는 낙관했을 것이다. '가정 있는' 여자가 얼마나 오래 밖에서 싸울 수 있겠나.

"우리는 늘 도로공사 시나리오랑 반대로 움직인 거지."

대량 해고를 단행한 도로공사 시나리오의 전제에는 '아줌마'가 있었다. 그 시나리오를 번번이 깬 것 또한 여자들, '아줌마'들이다.

"우리는 집안일이랑 직장일을 병행한 사람들이고, 3교대 하면서 잠도 제대로 못 잔 사람들이에요. 굉장히 피곤한 삶을 살았던 사람들인데, 여기(농성장) 와서는 정해진 시간에 밥을 먹고 잠을 자요. 한뎃잠이건 노숙이건 간에."

그이는 이 말을 하며 되물었다. "우리가 왜 못 싸울 거라고 생각하나요?" 도로공사를 향한 말만은 아니었다. 지금껏 살아온 치열함이 투쟁의 동력이 됐다. 못 싸울 이유가 없어 잘 싸웠다. 톨게이트 노동자들이 스스로를 '아줌마'라는 표현으로 숨겨놓긴 해도, 이 말에는 자부심이 있다.

"여자니까 이렇게까지 싸운 거예요."

톨게이트 노동자들의 217일 농성은 보기 드문 싸움이다. 여성들의 대규모 투쟁을 처음 본 사람들은 놀랍다는 듯이 물었다. 어떻게 여자들이 이다지도 잘 싸울 수 있느냐고. 의아하다는 듯, 대단하다는 듯, 대견하다는 듯. 어떤 반응이든 여성이 잘 싸우는 일이 '예외'임을 전제로 하고 있다.

여자는 드셀 순 있어도, 강인하거나 당당할 수 없는 세상에서 톨게이트 노동자들은 스스로 당당함을 획득했다. 그런데 세상은 이들의 당당함에 자꾸 초를 쳤다. '겁 없는 여자들'[5]처럼 싸우고 돌아와서 주류 언론사 인터넷 사이트를 열면 눈물 흘리거나 악을 쓰는 모습이 담겨 있었다. 이들이 상의를 탈의했을 때도, 그것을 투쟁으로 보는 시선은 드물었다.

왜 그렇게까지 했어?

"나중에 좀 친해진 사람이 이렇게 묻는 거예요. 그때 웃통은 왜 깠어?"[6]

이 말을 하고 그이는 잠시 이야기를 멈췄다. 김천 도로공사 본사를 점거한 톨게이트 노동자들은 상의 탈의 시위를 했다. 전투경찰이 이들을 진압하기 직전 벌어진 일이었다.

"오죽하면 그랬겠냐고. 그곳에서 우리가 택할 수 있는 선택지가 없었어요, 힘으로만 따지면. 그게 너무 슬프기도 하고, 또 한편 장엄한 것도 있어요. 부끄럽고 그런 건 하나도 없어요. 스스로 대견하기도 하고. 동료들이 그 과정을 같이 겪어줘서 너무 고맙고."

내 귀를 잡아끈 것은 마지막 말이었다. 같이 겪어줘서 너무 고맙다는 말.

"당시에 저는 밖에 있는 상황이었어요. 다시 끌려나올지언정 같이 있는 게 맞다고 생각해서 다시 들어갔어요. 그때는 이심전심. 여기를 우리가 지키고 버텨야 한다는 생각에서."

그 안에서 무슨 일이 벌어지는지를 알면서도 굳이 다시

들어간다. 같이 겪으려고. 함께해야 이기니까.

일부 언론에서 '나체 시위'라고 이름 붙여 내보낸 그날의 시위는 지지 않기 위한 싸움의 일환이었다. 지지 않기 위해 선택한 전술이고, 모든 전술이 그렇듯 사후에 여러 측면에서 평가되고 기록될 것이다. 그리고 그날의 시위 사건을 보고, 보도하고, 해석한 우리의 시선도 다시금 평가되어야 한다.

그날의 시위를 보며 눈살을 찌푸리거나, 중년 여성의 몸을 조롱하거나, 처참한 장면이라며 쉽게 선전하거나, 혹은 자기희생을 불사하는 '노동 투사'의 이미지를 부여하거나. 그런 시선과 해석에 익숙한 사회는 톨게이트 노동자들에게 묻는다.

"왜 그렇게까지 했어?"

이 질문은 그간 톨게이트 노동자들이 들어온 '여자들이 왜 이렇게 잘 싸우냐'는 물음과 다를 바 없다. 톨게이트 노동자들은 대답해왔다.

"이기고 싶으니까"

그래서 한순간도 포기하지 않았다고 했다. "지금까진 지지 않았다." 하나씩 쌓아가고 버텨낸 스스로가 대견하다고 했다.

"마음속에 그게 있어요. 대견한 거. 우리 잘해낼 거야. 큰 힘 발휘하지 못해도 같이 있어줄 거야. 하루하루 당당하게 살아내고 이 날들이 쌓이다보면, 내가 할 수 있는 한도 내에서 달라지도록 노력하는 거야."

일하는 여자들은 치열하게 자기 자리를 만들고 지켜왔다. 싸우는 여자들은 버티고 버텨 세상이 자신을 보는 시선을 변화시켰고, '그런 노동'과 '그런 취급'이 당연하다고 믿던 세상마저 바꿨다. "집과 네모난 부스를 벗어나 세상에 나왔던" 이들은 217일의 파업을 마치고 돌아갔다. "돌아가 누구라도 달라지기를 꿈꾼다. 자신이 변화한 만큼."[7]

2

우리 또 해고야

네 번째 해고를 맞은 시그네틱스 여성 노동자들

지하철 에스컬레이터를 오르며 나의 걱정거리는 얇은 양말이었다. 발 시리겠는데. 광화문역을 나와 희뿌연 풍경을 보았을 때도 여전히 신발 걱정. 신발에 눈 들어가면 안 되는데. 최근 들어 가장 많은 눈이 내린 날이었다.

나리는 눈발 사이로 사람들이 피켓을 들고 있는 게 눈에 들어왔다. 시그네틱스 노동자들이 매주 수요일마다 선전전을 하고 있다. 몇 해째 계속된 일이다. 다들 모자를 푹 눌러 쓰고 목도리를 칭칭 감고 있어 누가 누군지 구별이 되지 않았다. 눈에 먼저 들어온 사람에게 다가갔다.

그쪽에서 나를 알아보고 '까아~' 소리 내어 웃는다. 웃음소리로 보아 시그네틱스 노조 분회장이다. 평소에도 말끝에 웃음을 달고 있는 사람인데(소리 나는 대로 적는다면 '킥킥'

에 가깝다) 오늘은 어쩐지 '까아~'로 들린다.

"잘 왔어요! 올 줄 알았어."

갑작스러운 환대에 양심이 찔렸다. 오랜만에 선전전을 하러 왔다. 주위를 둘러보는데 피켓 든 사람이 서넛밖에 보이지 않는다. 참석 인원이 줄어든 걸까. 그래서 한 사람이라도 더 온 것이 다행이라는 의미일까. 한파주의보가 떨어진 날이었다. 이런 날씨에 한 시간을 눈밭에 서 있어야 한다. 사람이 줄어도 이상할 것이 없다.

"제가 그동안 너무 못 왔지요."

나의 주춤거림을 개의치 않고 윤민례 분회장은 그 특유의 발랄한 목소리로 말했다.

"우리 또 해고야."

이번에는 내 쪽에서 외마디 비명을 지른다. 네 번째 해고다. 작년에도 분회장은 바로 이 자리에서 "우리 휴업 들어갔어요"라고 했다. 자리에 있던 사람들은 회사가 해고 절차를 밟으려 한다고 예측했다. 휴업-구조조정-희망퇴직 신청-정리해고는 이들이 반복해 겪어온 해고 수순이었다.

"정리해고 예고 통보를 하더라고요. 이달 말까지라고."

또 해고야!

저리 해맑게 웃어도 속은 그렇지 않을 텐데.

"두 번째 해고되니까 사람들이 나한테 와서 울더라고요."

두 해 전 분회장은 인터뷰를 하며 이런 말을 했다.

"울면서 못하겠다고 하더라고요."

첫 번째 해고 싸움만 7년을 했다. 다시 복직해 3년째 되던 해, 정리해고 공고가 붙었다. 떠난 사람도, 울면서 남은 사람도 있었다. 이후로도 한 차례 더 해고가 있었고 그때도 사람들은 떠났다. 수백 명 조합원이 아홉 명이 되기까지 세 차례 해고가 있었다.[8]

해고가 되면 가만있지 않고 싸웠다. 법정까지 가서 부당함을 가렸다. 번번이 노동조합이 승소했다. 부당해고 판정을 받아 회사로 돌아왔다. 하지만 돌아올 때마다 사람 수는 반 토막이 났다. 승리라고 했지만 이들이 잃어버린 것을 세어볼 수밖에 없게 만들었다. 시그네틱스는 이번 해고로 또 몇 명이 떠나가길 바라는 걸까.

"회사가 돈이 많아서 그래요."

매번 패소해 과태료를 물고도 자신들을 끈질기게 잘라내려는 시그네틱스를 두고 조합원들이 하는 말이다. 정확히 말하자면 시그네틱스를 소유한 영풍그룹에 돈이 많다. 재계 30위권에 드는 영풍그룹은 2000년 시그네틱스를 사들였다.

이전까지 시그네틱스는 필립스 한국 사업장이었다. 1990년대 말, 외국 투자 자본들은 더 값싼 노동력이 있는 곳으로 공장을 옮겼고, 그들이 버리고 간 설비와 사람을 반도체 산업에 뛰어들고자 했던 국내 기업이 사들였다.

첫 번째 해고는 영풍그룹의 계열사가 된 시그네틱스가 규모를 확장하는 과정에서 이뤄졌다. 해고란, 경영 위기 때만 일어나는 일이 아니었다. 회사는 체질 전환, 구조조정, 경쟁력 강화 등 모든 것을 해고의 이유로 댔다.

2001년 영풍은 파주에 대규모 신설 공장을 세우며, 기존의 서울 등촌동 공장을 매각한다. 그런데 기존 직원들은 파주에 갈 수 없다고 했다. 신설 공장에 정규직 자리는 없다고 했다. 외환위기를 빌미로 노동은 유연할수록 좋은 것이라 하던 시기였다. 기업에게 노조까지 있는 정규직은 기피 대상이었다. 그래서 지금껏 파주 공장의 정규직 생산직 수는 0명이다.

등촌동 공장에서 일한 사람들은 노후한 설비와 함께 안산으로 보내졌다. 그곳에 작은 사업장이 있었다. 그들은 미래가 없는 작은 사업장에 유폐되길 거부했다. 이때부터 "가자! 파주로"가 이들의 구호가 됐다. 노동자들은 파업을 했고, 회사는 파업 참가자들을 해고했다. 그것이 20년째 지속된 싸움의 시작이었다.

가만 생각해보면 납득이 안 된다. 자신들도 이해가 되지 않는지, 초면이었을 당시 나를 붙들고 물었다.

"세 번이나 해고를 시키는 회사가 있어요?"

이제는 네 번이나 해고하는 회사다. 하지만 내가 납득할 수 없던 것은 세 차례 해고 통보를 하는 회사가 아니었다. 그런 회사를 내버려두는 이 사회였다.

증거가 너무 뚜렷해 부당해고 판결을 내릴 수밖에 없던 판사마저도 법정에서 이들에게 물었다.

"여러분이 파주로 가면 시그네틱스가 곤란해지지 않겠습니까?"

기업이 곤란해지는 것을 묻는 세상이다. 고작 열 명도 되지 않는 해고자들 때문에 재계 30위권 기업과 계열사의 경영이 어려워지는 일을 걱정하는 사회다. 불면 날아갈까 마음 졸이는 걱정이 이런 것일까. 조합원들은 영풍이 돈을 믿고 자신들을 거듭 해고한다고 했지만, 영풍이 믿는 것은 어쩌면 세상의 관대함일 것이다.

남의 돈 몇 푼을 훔치는 일도 되풀이되면 가중처벌을 받는데, 타인의 생계와 자부심을 부당하게 빼앗는 일은 몇 번을 해도 처벌조차 받지 않는다. 기업의 책임은 오로지 '복직'에 그친다.

시그네틱스 노동자들은 세 번째 복직 이후 1년가량 휴업 상태로 머물렀다. 패소한 회사가 이들을 복직시키긴 했으나 출근할 수 있게 두지 않았다. 휴업이라며 집에 머물라고 했다. 다시 법정 다툼을 한 끝에 겨우 회사에 갔더니 빈 책상 하나 주고 대기발령을 내렸다. 이런 행위에 제재가 없다. 법 위반을 가리려면 지방노동위원회, 중앙노동위원회를 거쳐 행정소송까지 가는 지루한 공방을 또다시 해야 한다.

그럼에도 이 도돌이표 같은 일을 20년간 반복할 수 있었던 이유는, 노동조합으로 뭉쳐 있었기 때문이다. 회사 역시 이런 이유 때문에 조합원들을 계속 해고하려고 한다. 안산 공장에서 일하던 이 중 노조에 가입하지 않은 사람들은 모두 떠났다. 그들은 사내하청(소사장제)으로 옮길 것을 요구받았고, 이에 따랐지만 몇 년 지나지 않아 그 하청업체마저 사라졌다.

사라진 회사(업체) 앞에서 정규직이라는 이름은 아무 소용이 없었다. 결국 시그네틱스를 통틀어 정규직 생산직은 노조에 가입한 이들 아홉 명뿐이었다.

이들은 회사가 그토록 싫어하는 것을 지켜냈다.

"영풍 너희, 정규직 싫어하고 노동조합 싫어하지. 그런데 우리는 너희가 들어오기 전부터 정규직이었고, 노동조합이 있었어."

언제나 이렇게 굳센 것은 아니다. 20년을 뭉쳐 싸운 사람도 문득 돌아서면 이런 말을 했다.

"세 번이나 해고된 것 어떻게 보면 한심해."

한심해지는 기분을 지울 수 없다. 하지만 이겨본 경험으로 버틴다. 이들은 세 차례나 복직에 '승리'한 사람들이다. 물론 승리해도 기다리는 것은 빈 책상뿐이었다. 하지만 이들에게는 지켜냈다는 자부심이 있었다. 내모는 대로 내몰리지 않는 자신에 대한 존엄이었다.

있지만 없는 사람들

네 번째 해고를 앞둔 이들은 겉으로 보기엔 덤덤하다. 하던 일을 계속한다. 어김없이 수요일이면 선전전을 하러 나온다. 이것은 이들의 고집이다. 이 고집을 지키기 위해 무수하게 했을 다짐이 무엇인지 나는 알지 못한다.

알지 못하면서도 선전전에 간간이 얼굴을 비춘다. 고작 그거라도 하는 이유는, 연대의식이나 동시대인의 책임감 같은 거창한 것이 아니다. 그저 얄미워서다. 한쪽이 빛을 독차지하고 있는 모습을 볼 때마다 드는 감정이다.

이날 해고 소식을 전한 분회장은 내가 오는 바람에 '다섯 명 이상 집합 금지'를 어겼다며 피켓을 들고 건널목 저편으로 사라졌다. 코로나19 시기라 다들 멀찍이 거리를 두고 섰다. 눈발까지 날리니 저 멀리는 사람이 선 흔적만 보였다. 원래 이곳 선전전 장소가 어둑하다. 그늘졌다고 해야 할까. 맞은편 광고판은 크고도 밝고, 뒤편 면세점 빌딩은 말할 것도 없다. 네온사인 불빛이 밝다 못해 주변 빛을 빨아들인다. 그런데 여기만 이토록 그늘질 수가. 그런 생각을 하며 언 발로 떨어지는 눈을 꾹꾹 눌렀다. 지루한 시간을 버티던 참이었다.

빠르게 점화하는 빛이 눈에 들어왔다. 한 해를 통틀어 가장 많은 눈이 내린 날이었다. 이곳은 언론사들이 밀집해 있는 광화문 거리. 카메라 불빛이 요란한 소리를 내며 터졌다. 언론사 기자로 보이는 사람들이 카메라를 들고 거리에 나와 서성였다. 눈길을 걷는 행인들을 찍기 위해서였다. 한 꼬마가 하얀 눈을 밟으며 뛰어가자 카메라를 든 기자들이 분주해졌다. 다른 카메라는 추위에 어깨를 맞대고 종종거리는 젊은 여성들을 찍었다.

우리는 카메라로부터 고작 열 발자국 떨어져 있었다. 하지만 피켓을 들었기에 보이지 않는 사람이었다. "청소 작업복의 비밀이 뭔 줄 알아? 우리를 '투명인간'으로 만들어준다는 거야." 켄 로치 감독의 영화 〈빵과 장미〉(2000)에 나오는 유명한 대사. 피켓을 든다는 것은 그런 시선에 익숙해지는 일이다. 어린이와 젊은 여성. 세상이 무해하다고 판단한 것들만 이 흰 눈과 함께 언론사 카메라에 담길 수 있었다. 카메라 플래시와 전광판 불빛, 면세점의 네온사인 등 광화문의 모든 불빛이 '여기' 이곳에 선 사람들을 비껴갔다.

내가 끝나야 끝난 거지

빛이 없어 더 춥다. 하지만 이날 내겐 분회장이 매준 목도리가 있었다. 괜찮다고 거절했지만 기어코 목에 둘러주고 갔다. 선전전을 가면 사람들에게서 장갑이나 목도리를 넘겨받는 일이 있다. 핫팩이라도 꼭 쥐어준다. 미안한 마음에 춥지 않다고 호기롭게 말해보지만, 한자리에서 바람을 맞는 일은 거리를 행보할 때와 체감 온도가 다르다. 한두 시간, 또는 하루 이틀, 아니 몇 날 며칠을 내가 오기 전부터 거리에 섰던 이들이 있다. 자신이 춥기에 내가 추울까봐 염려한다.

안 받는다고 손사래를 치던 나도 10분이 지나면 그들이 건넨 방한 물품 덕분에 나머지 50분을 버틸 수 있다는 걸 안다. 이곳에는 빛은 없으나 온기가 있다.

선전전은 한 시간을 채우지 못했다. 끝나려면 10분 정도 남았을 즈음, 한 무리의 조합원들이 피켓을 옆구리에 끼고 오는 것이 보였다. 참가 인원이 유달리 적었던 것이 아니다. 간격 유지를 위해 멀리 자리를 옮긴 것뿐이었다.

"그만해. 그만해."

"시간 다 됐어요?"

"오늘 같은 날엔 10분 정도 일찍 끝내야지."

"분회장은 지금도 하고 있지?"

"독하다. 관리자보다 더 독해."

사람들이 웃는다. 선전전을 시작하기 전, 연락도 없이 간만에 나타난 나를 보고 분회장은 물었다.

"오늘 같은 한파에 선전전 취소됐으면 어쩌려고 연락도 없이 왔어요?"

나는 멈칫했는데, 분회장은 왜 당황하는지 알겠다는 듯 말했다.

"우리가 안 할 거라 생각해본 적 없죠?"

그랬다. 이들이 네 번째 해고를 당하더라도 싸우는 일을 멈출 것이라 생각해본 적이 없다. 묘하고 지독한 고집. 그들을 지탱하게 하는 이겨본 사람의 자부심. 동시에 싸우며 잃어버린 것들에 대한 부채감. 그리고 내가 미처 알지 못하는 이유로 또 한 번 복직을 노릴 것이다. 왜냐하면 끝이 나지 않았으니까.

"언제가 끝이냐고? 내가 끝이 나야 끝인 거지."

이 긴 싸움이 언제나 끝날까. 내가 질문으로 위장해 던진 걱정에 어떤 이가 한 말이다. 끝이 나지 않았기에 거리에 서야 하는 날이 남았다. 그들이 건네준 온기로 인해 내가 거리에서 몇 십 분을 견딜 수 있던 것처럼, 나 또한 온기를 건네고 싶다. 하지만 내가 가진 것 중 따스함이라고는 글 쓰는 노동밖에 없다. 이것은 이들의 네 번째 해고(2021년 2월 1일)를 알리는 글이자, 내가 건네는 아주 작은 온기다.

3

'나 자신'으로 노동하기

퀴어 세 사람과의 A/S 인터뷰

어느 날 트위터에서 '나이스'가 쓴 글을 보게 됐다. 자신이 인터뷰이로 나온 책을 거론하며 그땐 경험이 적어 인터뷰를 잘 못했는데, 다음번에는 진짜 잘할 수 있다고 했다.

나이스가 말한 책은 《퀴어는 당신 옆에서 일하고 있다》였다. 나이스를 비롯해 스무여 명의 퀴어 노동자들을 만나 인터뷰했다. 트위터 글을 가만히 들여다보다가 나이스에게 메시지를 보냈다. 우리 인터뷰는 A/S가 된다고.

그렇게 인터뷰가 다시 잡혔다. '마늘'과 '엔진'도 불렀다. 마늘 역시 책에 나온 인터뷰이고, 엔진은 나이스와 마늘을 내게 소개해준 이다. 어쩌면 인터뷰는 핑계였다. 보고 싶었다. 슬픈 소식이 연이어 들려왔다. 그런 날들이었다.[9]

첫 번째 A/S: 나이스의 이야기

화상회의 공간(줌)에서 만난 날. 책이 나오고 1년 4개월이 지났다. 첫 인터뷰를 한 지는 3년이 됐다. 그 사이 나이스는 개명을 했다. '남자 이름'과 '여자 이름'이 따로 있는 세상에서 아직 주민등록증 뒷번호가 1인 나이스가 '나는 여자요' 하는 이름으로 개명을 했으니, 집이 시끄럽지 않을 리 없다. 그래도 예쁘기만 한 이름이었다.

"왜 인터뷰가 부족하다고 생각했어요?"

"그때는 차별당한 경험이 다양하지 못해서 그랬는데. 지금은 구직할 때마다 겪었던 차별이 쌓이고 쌓여 더 말할 수 있는 게 많아졌달까."

듣고 있던 엔진이 묻는다.

"그거 안 좋은 거 아냐?"

그러게. 인터뷰를 잘할 수 있는 이유가 이야기해줄 수 있는 차별과 고통의 경험이 더 커져서라니.

"역시 사람은 굴러야 단단해지는 법인가?"

엔진이 농담으로 받아쳐준 덕에, 나도 살짝 끼어든다.

"어디서 굴렀어요?"

"직장에서 아우팅 당한 적도 있고, 구직 단계에서 커밍아웃하니까 바로 '팽' 당한 적 있고. 구직 이력서에 정체성을 적어냈는데 연락도 없고, 공고도 내려가고. 같은 곳에서 다시 구인 광고가 올라왔을 때는 '여자만 지원 가능'이라고 써 있더라고요. 그거 때문에 한동안 우울했거든요."

머리를 기르고 '여자'로 일을 하다가 아우팅 당한 일도 있었다.

"밥 먹던 자리였는데 바로 나와버렸어요. 이제 거기서 일 못하겠다 싶어서. 그래도 다음 날 늦게 출근했어요. 안 갈 수는 없으니까. 사장님이 이야기를 전해 들은 거예요. 사장님은 괜찮다고 여기서 일을 하라고……"

아우팅이 문제인지도 모르는 동료도 만나고, 제때 출근만 한다면 다른 것은 개의치 않는 사장과 일하기도 한다. 커밍아웃하고 1년간 일 잘 다닌 곳도 있고, 성 정체성 때문이 아니라 직장 내 괴롭힘(텃세) 때문에 그만둔 곳도 있다.

"텃세가 너무 심했어요. 맨날 울면서 출근했었단 말이에요. 그땐 돈이 필요했으니까. 나중에 주방장님한테 연락이 온 거예요. 다시 와줄 수 있냐. 걔(괴롭힌 주범)를 자르고 너를 쓰겠다."

"오, 다시 갔어요?"

반가운 마음에 물었다. 나이스가 울면서 출근할 정도로 필요한 '임금'을 주는 곳이니.

"아니요. 거기서 다시 '남자'로 일해야 하잖아요. 그래서 안 간다고."

"뭔가 승자인데, 패배한 느낌이다."

괴롭힌 사람이 쫓겨나고 다시 고용 제의를 받지만 승자는 될 수 없다. 애초 그곳은 '나'로 일할 수 없는 공간이다. 텃세 있고, 일은 고되고, 그런데도 최저임금. 이렇게 보면 그는 노동자인 동시에 퀴어다. 조건이 아무리 바뀌어도 '내가 나로' 존재하지 않으면 그곳이 어디건 나의 공간이 될 수 없다.

두 번째 A/S: 마늘의 이야기

마늘은 개명 정도는 명함도 못 내밀 근황을 가져왔다. 의료적 트랜지션, 즉 성별 적합 수술을 한 것이다. 3개월 전 태국에 가서 수술을 했다고 한다. "최근엔 가슴 수술도 했어요." 그 말에 우리는 호들갑을 떨었다만, 차마 그 내용은 글로 옮겨 적지 못하겠다.

"내가 남자는 아닌 거 같지만, 그렇다고 100퍼센트 여자라고 느끼진 않아서 (수술을) 선택하고 싶진 않았는데. 그래도 지금은 여성에 조금 더 가까운 상태로 살고 있고, 스스로를 여성으로 지칭하는 것에 대한 불편함이 많이 없어진 상태예요."

책을 쓸 당시, 나는 마늘을 '가슴 수술을 원치 않는 사람'이라 표현했다. 세상이 정한 '남성/여성의 몸'의 기준에 자신을 맞추지 않는 사람. 마늘의 말을 받아 적으며 꽉 막힌 세상에서 나 또한 잠시 숨을 쉬었다. 이제 마늘은 자신이 '여성에 조금 더 가까운 상태'라 이야기한다.

"책에 '마늘은 가슴 수술을 원치 않아'라고 쓴 게 기억나요. 마늘은 세상을 교란시키는 위치에 서고자 하는 사람이라고 썼는데. 이제 마늘을 어떻게 설명해야 할까요?"

아니, 이렇게 정갈하게 묻지 못했다. 말을 돌리고 돌리다 못해 말꼬리가 자꾸만 흐려졌다. 나의 질문이 수술한 일을 해명하라는 말로 들릴까봐 겁이 났다. 세상이 물음표를 달고 마늘을 바라볼 게 뻔했고, 마늘 또한 그 시선을 모르지 않을 터였다. 그래서일까. 나의 버벅거림이 소용없게, 마늘은 자신이 수술한 까닭에 대해 말했다.

"나를 긍정하는 사람들과 있으면 괜찮지만, 매번 그런 사람들과 있을 수는 없잖아요. 누군가를 헷갈리게 하고 불편하게 만드는 건 좋지만, 그 불편함에서 오는 폭력이나 혐오를 계속 직면하는 건 너무 힘든 일인 거 같아요."

짐작과 경험은 전혀 다르다. 나는 마늘의 '힘든 일'을 짐작하지만 경험하지 못하는 사람이다.

"과거에는 가슴 수술도 필요 없고 '이게 내 몸이야'라고 했다면, 지금은 내 몸에 어떤 칼이나 보형물이 들어와도 '결국은 내 몸이야' 이런 생각이에요. 내가 원하는 성별로 내가 디자인한 몸이잖아요. 어쩌면 여성으로 '패싱'되는 몸. 그 몸은 내가 어떤 집단에 소속될 수 있다는 안정감을 주는 거 같아요. 공격받지 않아도 된다는 안도감? 예전에는 밖에서 화장실 가는 게 너무 불편했어요. 가슴 작고 머리 짧은 여자들도 많잖아요. 그런데 나는 도둑이 제 발이 저려 못 간단 말이죠. 지금 몸은 나 스스로에게 그런 장벽을 낮추는 데 도움이 돼요. 안정감이 필요했던 거 같고요. 이제 나의 바운더리를 구성하고, 나의 삶을 흔들리지 않게 다지고 싶다는 바람이 생겨요."

그의 말을 들으며 깨닫는다. 마늘은 내가 대신 소개해줄 사람이 아님을. 나의 상상력이 미치지 않는 곳에 있는, 그래서 나의 언어로 좁혀 설명할 수 없는 사람이다. 그래서 묻는다.

"만약 우리가 지금 처음 만났다면, 자신을 어떻게 소개할 거 같아요?"

첫 만남에서 나는 마늘에게 당신의 정체성을 소개해달라고 했다. "퀘스처너리, 또는 젠더퀴어 정도의 넓은 범주에서 나를 정체화해요." 마늘의 말은 이렇게 책에 옮겨 적혔다.

3년이 지난 지금, 마늘은 자신을 새로이 소개한다.

"그때도 지금도 젠더퀴어지만, 스스로를 트랜스젠더라고 명명하는 게 조금 더 편해졌어요. 어머니가 제일 걱정하는 게, 수술한 후에 후회가 되어 되돌리길 원하는 사람들이 있다고 하더라고요. '후회하지 않겠니?' 물어보셨거든요. 엄마를 안심시키려 한 말이기도 했지만, 스스로도 이전보다는 지금의 내 몸이 조금 덜 불편해요. 위화감이 줄어들었다고 할까. 여전히 젠더퀴어지만."

여전히 젠더퀴어라는 마늘은, 그러나 변했다. 트랜지션이란 "몸의 변화가 아니라 자신의 몸을 다른 방식으로 생각하는 법을 배우는 것"이라는 퀴어활동가 제이콥 토비아의 말을 떠올린다.[10] 어떤 생식기를 가졌는가, 신체의 굴곡이 어떠한가에 따라 성별을 단 두 개로 가르려는 사람들은 마늘과 같은 이들의 수술도, 육체도, 마음도 의심한다. "그들은 나의 정체성을 아름다운 해답이라 보기보다는 고쳐야 하는 문제들로 여기지요."[11]

마늘이 트랜지션 과정 중에도 남성으로도 여성으로도 자신을 규정하지 않는 '젠더퀴어' 개념을 포기하지 않는 것은, 지금이 과도기라던가 해결되지 않은 상태라는 의미가 아니다. 지금 이 순간 마늘이 읽어내고 느끼고 해석하는 몸이 그러할 뿐이다. 단지 그뿐이다.

세 번째 A/S: 엔진의 이야기

엔진은 민주노총(공공운수노조) 상근자로 노동하고 활동하고 있다. "민주노총은 퀴어가 일할 만한 곳인가요?" 내가 물었다.

"이전 직장에서는 커밍아웃을 해도 한 것 같지 않고 받아들여지지 않은 거 같았는데. 살면서 이렇게 소속감을 느껴본 적은 없어요. 삶의 안정감을 찾았고. 일자리라는 게 정말 중요하구나. 일과 안정적인 급여가 사람에게 주는 안정이 있어요. 사람들이 이래서 노동운동을 하고 임금 투쟁을 하는구나를 몸소 느끼고. 그래서 조합원들에게도 새롭게 애정이 가는 경험을 하고 있고요."

'안정'이라는 단어가 묵직하게 온다.

"나이스랑 다른 경험이네요."

나이스는 앞서 이렇게 말했다.

"일을 하며 이런저런 경험들을 해봤지만 아직도 익숙하지 않고 매번 선택을 달리하게 돼요. 앞으로도 노동하며 어떤 선택을 하게 되고 어떤 환경에서 일하게 될지 예상하기 힘들고요."

성소수자 노동을 취재하며, 인터뷰이와 길게는 2년 정도 기간을 두고 봤다. 직장이건 사는 곳이건, 유달리 건강과 심정까지 변동이 잦은 이들이 있었다. 대부분 계약직·파견·알바같이 다소 불안정한 고용 상태를 이어가는 이들이었다. 이직이란, 단지 회사를 옮기는 문제가 아니다. 직장을 옮길 때마다 어떤 관계, 어떤 환경을 만나게 될지 모른다. 무슨 일이 벌어질지 모른다. 앞선 경험으로 배운 것들이 무의미해지기도 한다. 긴장한다. 그러니 삶이 불안해진다.

"나이스, 이제 좀 노동자 같아요?"

"인간에 대한 환멸을 쌓았어요."

"노동자네."

"환멸 쌓였으면 진짜 노동자지."

우리는 가볍게 몸을 털듯 농담을 한다. 무거움이 서로를 짓누를 수 없게.

내 경험상 노동자란, 지지고 볶을 수밖에 없는 일터에서 옆 동료에게 환멸을 느끼는 존재다. 동시에 구조는 뒷짐 진 채 방관하고 일하는 사람끼리 환멸을 느끼게 만드는 노동 조건을 없애기 위해 분투하는 존재이기도 하다. 그래서 노동은 노동으로만 머물지 않고 변화와 변동을 가져온다. 내가 번번이 묻는 '퀴어노동이란?'이라는 질문에 이들이 답한 말이기도 하다.

"끊임없이 퀴어임을 드러내는 모든 노동? 어떤 일을 하던 간에 내가 퀴어임을 드러내고 주변 사람들조차 앨라이(지지자)로 만드는 과정이 퀴어노동인 거 같아요. 나 자신이 퀴어임을 드러내는 것과 다른 퀴어를 보호하고 신경 쓰는 거. 아무도 퀴어를 챙기지 않으니까."

퀴어 정체성을 숨기라는 세상에서 끊임없이 자신의 퀴어성을 드러내야 하는 노동이라니. 노동이 곧 삶이라는 말을, 나는 인터뷰를 할 때마다 매번 새롭게 깨닫는다.

'가족'이라는 어려운 숙제를 풀다

그리고 좋은 소식. 마늘은 요즘 인생의 큰 숙제를 풀었다고 했다.

"가족 관계가 달라졌어요. 제 수술 비용이라든지 부대 비용을 집에서 지원해주셨거든요. 퀴어들에게 가족은 큰 숙제잖아요. 가족이나 혈육에게 본인의 정체성을 드러내고 이야기하는 거 자체가 엄청나게 큰 숙제인데. 그 숙제를 잘 해서 좋은 성적을 받은 느낌이라서 좋습니다. 그래서 세상에 무서운 게 없는 상태라고 할까. 그래, 나 트랜스젠더인데 뭐? 어떻게 할 건데? 엄마도 알고 아빠도 알고 친구도 알고 직장 동료도 아는데 뭐? 네가 날 인정하지 않는다고 달라지긴 할까. 싫으면 가라. 프라이드가 생기고 좀 더 당당해진 기분이에요."

내가 알기로, 마늘의 가족 관계는 결코 평화로운 편이 아니었다. 아들을 낳았으나 아들로 크지 않는 마늘을 향한 부모의 실망과 좌절이 있었다.

"제 삶의 역사를 풀어서 설명해드렸어요. 나는 항상 이런 사람이었다. 나에 대해서 다시 한 번 생각해보라. 트랜스젠더로 살아간다는 것이 이 사회에서 얼마나 큰 고통을 받고 힘든 과정인지 한번 봐달라. 어머니가 한 달 동안 진짜 유튜브랑 인터넷 글을 열심히 보셨대요. 트랜스젠더의 삶에 대해. 제가 어머니한테 '혐오집단이 올린 정보를 보기 전에 나에게 먼저 물어봐달라' 했어요. '내가 그 누구보다 내 삶을 잘 안다. 그리고 그들의 삶과 나의 삶을 100퍼센트 일치시키지 마라.' 그래서 양질의 콘텐츠를 제공해드리려고 노력했고요. 어머니가 생각을 한 거예요. '아, 우리 ○○이가 이렇게 힘들게 살았구나. 이런 삶이 계속 지속된다면 애가 지금 당장 죽어도 이상한 게 없을 정도구나.' 수술 일정을 한 달 만에 잡고. 비행기표 끊고. 직장 다니다가 휴직하고 바로 하게 된 거죠."

마늘이 여정을 알리는 긴 설명을 마쳤을 때, 우리는 박수를 쳤다. 그리고 엔진은 울었다.

"마늘의 소식을 들으면 감격스럽고. 너무 사랑스럽고 대견하고. 또 많이 슬프긴 한데."

"왜 슬퍼?"

"내 처지랑 비교가 돼서? 밖에서는 잘 지내는 퀴어인데. 집에서는 안 받아들여지고 있고. 아, 나 오늘 분위기 메이커로 왔는데 울고 있어. 박수쳐줘."

우리는 박수를 쳤다. 과연 무엇을 위한 박수였을까. 당신의 인생이 뭐가 되었든 응원해, 라는 말 대신이었을까.

두 번의 장례식

잠시 후 마음을 가라앉힌 엔진이 말했다.

"갑자기 왜 감정이 확 올라왔냐면, 최근에 기홍(교사이자 인권활동가였던 김기홍 씨)이랑 변희수 하사 장례식을 다녀왔는데. 장례식 절차 모든 것에 다 성별이 부여되더라고요. 입관할 때마저 입는 옷이 치마, 바지로 나뉘고. 두 장례식을 보며 퀴어의 장례식이 무엇인지를 절실히 느꼈어요. 트랜스젠더는 부모에게 이렇게 받아들여지지 못하는 존재일까. 상주가 어떻게 조문객을 맞느냐에 따라 장례식 분위기가 정말 달라지잖아요."

김기홍 씨가 세상을 떠난 지 한 달이 되지 않았을 시점에 우리는 만났다. 내가 나이스의 짧은 한 줄짜리 트위터를 붙잡고 만남을 제안한 이유도 여기에 있었다. 서로의 안위가 평소보다 더 궁금해지는 날들이었다.

"내가 오늘 당장 사라지면 내 장례식장은 어떻게 꾸려지고, 우리 부모들은 내 친구들을 어떻게 맞아줄까? 받아들여줄 수 있을까. 마늘처럼 노력하고 포인트를 찾아 부모님을 공략해야겠지만, 사실 나나 나이스도 노력을 안 한 것은 아니니까. 뭘 더 해야 하나. 주변에 잘된 친구들을 보면 정말 좋은데, 그렇지만 나는 껍데기 같다는 생각이 되게 많이 드는 거죠."

마늘이 진심을 담아 가볍게 거든다.

“그래서 내가 요즘 트위터를 못해.”

“갑자기 너무 슬펐어.”

자신의 슬픔을 단정하게 말하기까지 얼마나 많은 슬픔이 지나갔을까. 마늘이 일하는 인권단체는 변희수 하사의 죽음에 관한 성명서를 냈다. 글을 쓰며 마늘이 너무 울어, 결국 다른 활동가가 성명서를 대신 썼다고 했다.

“변희수 하사가 너무 대단한 사람 같더라고. 나는 수술하고 3개월이 지났는데도, 통증이 밀려와서 퇴근하고 싶다는 생각을 계속하는데. 진통제를 달고 일하는데. 그 사람은 수술한 지 얼마 되지 않았는데도 기자회견을 하고. 계속 그렇게 다녔잖아요.”

엔진이 말한다.

“변희수 하사를 직접 본 적은 없는데. 마음 아프더라고요. 좀 더 촘촘한 연대를 해주지 못했던 것이 미안하고. 내가 좀 먹고살 만하다고 이제 배부른 퀴어가 되었나. 내가 정상성에 안주해서 살아가고 있던 건 아닐까. 여전히 몸에 대한 이질감이나 사회에 대한 이질감을 매 순간 느끼긴 하지만, 그 이질감에 익숙해지고 있던 건 아닐까……”

팍팍함과 유쾌함 사이

화제를 돌려 책에 관해 물어본다. 오늘 모인 핑계는 '책 감상'이었다. 이 인터뷰 제안을 했을 때 엔진은 누가 함께 참여하냐고 물었다. 마늘과 나이스의 이름을 들은 엔진은 말했다. "아, 트젠(트렌스젠더의 줄임말)이 컨셉이구나." 나는 다소 흠칫했는데, 엔진의 말을 듣고서야 세 사람이 지닌 정체성의 공통점을 깨달았다. 그전까지 나이스는 내게 지역에서 불안정노동을 하는 꿋꿋한 20대, 마늘은 똑 부러지는 퀴어인권 활동가, 그리고 엔진은 페미니즘 모임을 같이 한 동료였다. 그리고 기록책 작업에 기꺼이 품을 내준 고마운 사람들.

"아닌데, 책 독자라서 부른 건데."

하지만 책에 관한 질문은 이것이 처음이자 마지막.

"책을 읽거나 작업 과정에 동참하면서 아쉬웠던 점 이야기해줄래요?"

엔진이 먼저 나서준다.

"오늘도 이야기 나누다보니 생각보다 긍정적인 이야기들이 많잖아요? 사실 나이스는 전형적인 성 역할에 갇히지 않는 사람이고. 마늘과 나도 차별을 그냥 당하고만 있지 않고 쳐내기까지 하는 사람인데. 책에 그런 통쾌함이나 유쾌함이 담기진 못했던 것 같아요. 혐오와 차별을 가시화하는 것도 중요하지만, 그걸 쳐내는 유쾌함도 드러내는 게 필요하지 않을까."

맞다. 사람 사는 게 다 그렇듯, 퀴어에게도 우울한 일만 일어나는 건 아닌데. 차별을 드러내는 일과 불행을 드러내는 일이 종종 분간 없이 섞이곤 한다.

"다른 사람들은 살면서 똥을 밟거나 나쁜 일을 겪으면 '재수 없었다' 그러면 그만인데, 우리는 계속 어떤 의미인지 분석하고 재해석하려고 노력하잖아요. 우리가 퀴어라서 그러는 건데. 나이스나 다른 사람이 겪은 크고 작은 혐오들이 실제로는 아닐 수도 있다고 생각하거든요. 시스젠더 헤테로(이성애자)들의 일상적인 표현인데 그게 거북하게 느껴질 수 있는 거고. 물론 그 일상이 차별이지만. 슬프지만 꼭 그렇게만 생각하지 않으려고 노력할 필요가 있는 거 같아요. 살면서 안 좋은 일이 쌓일 텐데, 내가 퀴어라서, 이렇게 결론 내리면 한도 끝도 없으니까."

책을 보다보면 살아가는 이야기로 넘어가기 마련이다. 노동이 삶이듯, 노동을 담은 책도 삶일 수밖에 없으니. 그들의 대화가 이어진다.

"저도 지금 거리두기를 하고 있거든요. 퀴어 정체성이 내게 굉장히 큰 부분으로 자리 잡고 있었다면, 요즘은 그것들에 조금씩 거리두기를 하면서 나의 다른 정체성의 비중들을 늘려가려고 하는 거 같아요."(마늘)

"이게 남들도 겪는 차별인지, 내가 퀴어라서 더 겪는 일인지 구분하는 힘을 키웠으면 해요. '러프'하게 표현하면, 인생이 고달픈 걸 수도 있어요. 내가 퀴어이기에 당하는 일이라고만 해석하면 세상 살아가는 힘이 너무 떨어지잖아."(엔진)

"세상이 뭣 같은 건 맞아. 그런 세상에서 퀴어들이 살기 더 팍팍한 것도 맞아. 그렇지만 모든 게 그걸로 귀결되는 건 아니야."(마늘)

"차별과 혐오를 모른 척하자는 건 아닌데. 그것만 바라보면 살아갈 힘이 안 생겨. 내가 찾은 생존 방식이기도 해요. 분간하는 능력을 유지하되, 거기에 대응할지 말지 자기 실력과 위치를 냉정하게 판단하자."(엔진)

"사실 분간하지 못할 정도로 일상에 혐오차별이 너무 많아서 그래. 그래서 분간하는 능력이 떨어지는 거지. 여성혐오도 마찬가지지만, 숨 쉬듯이 존재하니까."(마늘)

유쾌하진 않아도 《퀴어는 당신 옆에서 일하고 있다》가 세상에 전하고 싶었던 이야기도 마늘이 해준 말과 같겠다. "세상이 뭣 같은 건 맞아. 그런 세상에서 퀴어들이 살기 더 팍팍한 것도 맞아."

물론 이들의 팍팍함을 내가 오롯이 알 수는 없다. 이날의 이야기는 나를 자주 침묵시켰다. 내가 가닿을 수도, 짐작할 수도 없는 팍팍함은 몇 마디 옆에서 주워듣는다고 알 수 있는 것이 아니다. 그 팍팍함의 정체를 알 길 없어 모호한 상태에서 책이 될 원고를 더듬으면서도, 내가 붙잡고 싶었던 것은 '뭣 같은' 이 세상이 만들어내는 공통분모였다.

자신을 비-퀴어라고 생각하는 사람에게는 '이것은 퀴어 이야기가 아니다. 우리의 이야기다'라고, 자신을 퀴어라 정체화하는 사람에게는 '이것은 퀴어 이야기가 아니다. 세상 이야기다'라고 말하고 싶었다. 글을 쓰는 내내 이 책을 읽을 사람들을 헤아리느라 혼란스러웠다. 그래도 책이 있어 오늘 이들을 만난다. 만나 무엇이라도 이야기하고 듣는다.

내가 원하는 노동이란

'어쨌거나' 노동자가 된 나이스, 월 200만 원을 받으면서 배부른 퀴어가 되었다고 자책하는 엔진, 숙제 하나를 마치고 다음 장을 펼쳐야 하는 마늘. 이들에게 어떤 노동을 하길 원하느냐 묻는 것을 마지막으로 이날 자리를 파했다. 누구도 원하는 대로 노동하지 못하는 세상이고, 그러나 모두들 '나 자신'으로 노동하기 위해 분투하는 세상이다.

엔진: 재미있는 노동이요. 사람들 만나고 대화하고 그 안에서 에너지를 찾고, 무언가를 생산하고. 그런 것에 성취감을 느끼며 즐거워하거든요. 재미없는 건 억만금을 줘도 못해요.

마늘: 억만금을 주면 해야 되지 않아?

엔진: 난 아니야.

희정: 누가 억만금을 준다고 그걸 지금 논쟁을 해요. 나이스는 어떤 노동을 원해요?

나이스: 사람 안 보고 사는 노동을 하고 싶어요.

희정: IT 계열 추천합니다.

엔진: 사람 대신 코드 봐요.

마늘: 제가 해온 노동을 보면 항상 대체 가능한 노동이었던 거 같아요. 대체될 수 없는 노동을 하는 게 저의 꿈이에요.

4

다른 몸들, 장르가 바뀐 삶

연극 〈아파도 미안하지 않습니다〉를 보고

이 연극, 안 봐도 슬프겠지.[12] 휴지까지 챙겨 울 준비를 마쳤는데 무대에서 목우가 이 대사를 한다.

> "저는 제가 쉴 수 있고 편할 수 있는 공간에 있고 제 이야기를 들어줄 수 있는 분이 계시면 돼요."
>
> -연극 〈아파도 미안하지 않습니다〉 중 목우의 대사

눈물 흘리려던 마음이 사라져버린다. 나랑 같네. 목우는 안전한 공간과 대화를 나눌 사람이 필요하다고 했다. 모두가 바라는 것을 그 또한 바란다. 무대에 시민 배우로 선 목우와는 한 달에 한 번씩은 만나는 사이였다. 그런데도 그가 바라는 것을 몰랐다.

"제발 날 보호하려고 그랬단 말은 하지 마! 내가 바라는 건, 거짓말이라도 좋으니까 '거기 보낸 걸 후회해, 다시는 널 그곳에 보내지 않을 거야, 널 아프게 해서 정말 미안해' 라는 말뿐인데."

-목우의 대사

다음 대사에서 목우는 엄마에게 화를 낸다. 거짓말이라도 '널 아프게 해서 미안해'라고 말해주길 바란다. 나도 그런데. 나도 엄마에게 목우의 대사를 하고 싶을 때가 있다. 내 마음을 헤아리지 못해서 미안하다고 말해주기를 기대한다. 아마 많은 딸이 원하지만 성취하지 못한 바람일 게다. 목우도 누군가의 딸이다. 그가 부모와의 갈등이나 화해에 대해 이야기할 때면 나는 하나의 사건을 떠올렸다. 강제 입원. 이 사건을 넣어 이야기를 들으면 목우의 일상은 사연이 된다. 하지만 목우도 가족에게 듣고 싶은 말은 그저 '미안해'였다.

목우를 처음 만난 것은 몇 해 전 어떤 세미나 자리. 돌아가며 어색하게 자신을 소개하는데 그는 이리 말했다. "저는 정신장애 당사자이고요. 조현병을 앓고 있어요." 자신의 이름, 직업, 가족 관계를 말하는 사람은 보았어도, 신체적 장애나 성적 지향까진 소개말로 들었어도, 자신의 질병을 소개하는 사람은 처음 보았다. 그 옆에서 나는 기록노동자 누구입니다, 했다. 내 소개가 어딘가 부끄러웠다.

낯선 이들에게 자신의 (보편적이지 않은) 정체성을 밝힌다는 건 자신이 가진 정체성을 온전히 인정받고자 하는 시도일 테다. 자신이 지닌 정체성을 숨기지 않겠다는 선언을 돌다리를 두드리듯 한다. 건너기도 전에 무너질지도 모른다. 그런 위험을 감수한다. 하지만 세상은 무심하다. 그 무심함을 증명하는 이는 나였다. 목우의 소개를 듣고 2년이 지나서야 '조현병'이라는 단어를 찾아봤다. 그것도 목우와의 인터뷰를 며칠 앞두고였다.

조현병. 예상외로 아름다운 단어였다. 조현操絃. '현악기의 줄을 조율하다.' 이 정도 비유를 가진 말이 내 귀에 닿지 못했다니. 조현병을 검색했을 때 따라붙는 단어는 살인, 폭력, 범죄였다. 그 단어들에 가려 현을 조율하며 살아가는 사람은 보이지 않았다. 나는 이 말이 아름답다고 목우 앞에서 호들갑을 떨었다. 얼마 후 다시 한 번 국어사전을 찾아보곤 얼굴이 좀 화끈거렸다.

조율. '어떤 기준이나 대상에 맞춰 조절하고 고른다'라고 사전에 뜻이 나와 있었다. 세상에 저절로 조절되고 고르게 되는 것은 없다. 무엇이 가다듬어진 상태인지, 어떤 것에 맞춰 조율되어야 하는지 판단하는 '기준'과 '대상'이 있다. 그 기준점이 당사자 목우가 될 수 없음은 분명했다. 세상의 기준에 맞춰 자신을 조율해야 하는 병명을 가진 집단.

그때부터인가, 좋아하던 노랫말이 다르게 들렸다. "알고 있지, 꽃들은. 따뜻한 오월이면 꽃을 피워야 한다는 것을."[13] 그렇다면 오월에 꽃을 피울 수 없는 식물은 어떻게 살아가야 하나. 그것을 순리라 하는 세상에 맞춰 목우는 자신을 조율해야 했다. 그러니 그에겐 지금 자신이 사는 세계가 '어떤 세상'인지가 중요하다. 무엇을 순리라고 부르는 세상인지. 지금과는 '다른' 세상을 꿈꾸기에 그는 자신의 병명 뒤에 '운동'이라는 글자를 붙였다.

"저는 정신장애인 당사자 운동을 합니다."

목우는 세상의 순리를 조율하고 만들어가는 이 공동체의 한 명의 구성원이고 싶었다.

예외를 변화로 만드는 사람

"잠이 쏟아져 간단한 문서 작성을 할 수도 없고, 강박 때문에 몸을 움직여 물건을 정리할 수도 없고, 설거지조차 물소리가 말을 거는 환청으로 들려 할 수 없는 그런 몸들…… 저는 그런 몸, 그런 몸을 가지고 산다는 것의 의미를 사회에 나와 알게 되었습니다."

-목우의 대사

몇 해 전 나는 책에 이런 글을 썼다. 사람들은 커밍아웃을 한 주변의 '게이' 동료를 받아들이는 척하지만, 실은 그를 '예외적'으로 '인정'하는 것뿐이라고. 너는 예외적 존재이지만 우리가 친구이기에 받아들인다는 메시지를 보낸다. 그러니 예외인 친구의 존재를 자주 '까먹는다'. "남자들끼리 더러워" 같은 말을 그의 앞에서 대수롭지 않게 한다.[14] 이런 내용이었다. 그때 나는 어떤 심정으로 글을 썼더라. 내가 발견한 사람들의 행태를 폭로하는 마음으로 썼는지도 모르겠다. 그러니 내가 예외로 만든 사람에게까진 생각이 미치지 못했다.

"사회에 나와 알게 되었습니다." 목우가 시민연극 배우[15]가 되어 자신이 사회에 나온 존재임을 선포하며 내 앞에 서자, 나는 그제야 그가 예외가 아닌 존재임을 깨닫는다. 아니 내가 그동안 그를 예외로 여겨왔음을 알아챈다. 나는 그가 어디에 있다고 생각했을까.

목우의 그런 몸은 이 세상이 그를 구성원으로 받아들이지 않는 구실이었다. 그가 있을 곳은 병원으로, 그는 치료받고 교정되어야 할 사람으로 여겨졌다. 하지만 목우는 '그런 몸으로' 노동하는 사람이자, 자신이 하는 행위가 왜 노동이 아닌지 묻는 사람이었다. 문서 작성, 정리 정돈, 가사노동만이 노동이 아니다. 그가 지향하는 세상과 그가 사는 세상의 간격을 좁히기 위해 행하는 모든 노력이 그에게는 삶을 지속시키는 행위였다. 생존이자 생계 활동. 하지만 노동으로 취급받지 못하는 일들이었다.

노동뿐인가. 목우는 무엇인 (인간)관계인지, 무엇이 정상인지, 무엇이 건강한 정신과 몸인지를 묻는 사람이었다. 그 물음에 답하려면 기존 사회의 언어가 품은 의미들이 달라져야 했다. 그것은 이 사회가 바뀌어야 한다는 말과 같았다. 다른 세상을 꿈꾸는 사람인 그가 내게 보여줄 낯선 세계와 언어를 기대하며 인터뷰 자리로 가곤 했다. 그 세계를 따라잡진 못하지만, 목우라는 사람의 목소리를 들으며 나도 조금은 변해갔다.

잃어버린 두 마디 말

"한때 저는 다섯 마디를 하려면 세 마디의 말을 하고 두 마디의 말이 잊히는 몸을 가지고 있었습니다. 약 용량이 많아서 아무 생각을 할 수 없던 때였습니다. 그때 제 주위 사람들은 제가 하는 말을 들었으나 아무도 그 말이 하고 싶은 것에 대해서는 주의를 기울이지 않았습니다."

-목우의 대사

하루는 1인 시위를 하는데 지나가던 사람이 와서 내게 말을 걸었다. 흔히 겪는 일이다. 1인 시위를 하면 누구든 와서 말을 걸었고(피켓 든 사람이 여자일 경우 더 쉽게 그런 일을 겪는다), 지금 당장 누구를 붙잡고 말하지 않으면 못 견디는 사람들이 있었다. 나는 그런 행동을 몹시 귀찮아하는 편이었다. 그날도 어떤 사람이 내게 다가와 자신의 이야기를 털어놓기 시작했다. 다소 젊은 여성이었다. 어떤 말은 뻔했고, 어떤 말은 새로웠다.

주변에서 같이 1인 시위를 하던 사람들이 내 쪽을 힐끔거렸다. 곤란한 일에 처했구나, 그런 표정들이었다. 그런데 어쩐지 나는 그이가 번거롭지 않았다. "세 마디의 말을 하고 두 마디의 말이 잊히는 몸을 가지고 있었습니다." 이 말을 들었기 때문일까. 연극 속 목우의 대사였다. 지금 내 앞에서 자기 이야기를 하는 저이가 잊어버린 두 마디 말은 무엇일까, 그런 질문이 생겼다. 어쩌면 그는 지금 자신의 의지보다 세 마디 말을 더 내보내는 시간 속에 있는 것은 아닐까.

나 또한 숨을 깊게 들이쉬며 웅크리고 앉은 날이 있고, 때론 주먹만 불끈 쥐던 날이 있다. 어느 날은 체념하고, 어느 날은 애썼고, 다른 날은 흘려보냈다. 연극의 또 다른 인물인 희제는 인정받지 못하는 질병에 지쳐 바닥에 누워버렸고, 수영은 질병을 인정할 수 없어 쉼없이 움직였는데, 사실 그 두 모습 모두 나였다.

무대 속 그들과 나의 접점은 아주 미미하지만, 그럼에도 그들에게서 나를 보는 까닭은 우리가 인생을 겪어내는 존재라는 사실에 있었다. 내게 말을 쏟아내는 저 사람도, 저 무대위 배우들도, 그리고 나도 지금 두 마디 말을 잊거나 세 마디 말을 찾아낸 순간을 겪는 중인지도 모른다. 흘러가고, 움직이고, 무언가가 변한다. 변화가 긍정을 뜻하진 않는다. 다만 우리는 "흘러가는 것만으로 확인되는" 시간 속에 존재한다.[16]

목우는 잃어버린 두 마디 말을 찾기 위해 헤매는 중일까. 그 말을 찾았을까. 아니면 잃어버린 말이 이젠 그에게 큰 의미가 아니게 되었을까. 내 앞에 선 여자, 어떤 의미로는 1인 시위를 방해하고 있고, 다르게는 자신의 이야기를 하는 이의 말을 들었다. 누구에게나 인생은 과정일 뿐임을 인정하고 나니 이야기가 와서 머문다. 물론 나는 친절하지 않았다. 다정한 사람이 아니다. 잠시 들었을 뿐이다.

> "환청은 세상의 연약한 것들이 내는 소리에 귀 기울이고 싶던 내 마음이었을 거야. 망상은 소외된 꿈들이 짓는 몹시도 뜨거운 희망. 내 영혼 속에 고통이 키운 빛이 있어. 이제 나는 그렇게 어룽거리는 한 점 빛이 되고 싶어."[17]
>
> –목우의 대사

목우는 이 말을 마치고 무대에서 내려온다. 나는 그 마지막 대사를 받아 적었다. 당신이 잊은, 아니 잃어버린 두 마디 말이 이것이었냐고 묻고 싶어졌다.

그리고 나의 '저자'들

"누구나 자기 이야기를 설명하고 반성하면서 자율적으로 써내려가는 저자로서의 삶이 있다고. 살아간다는 것이 자기 인생의 저자가 되는 것이라면, 나는 스물여섯 살에 갑자기 다른 장르의 작가로 변신한 셈이었다."

-연극 〈아파도 미안하지 않습니다〉 중 다리아의 대사

조금 다른 이야기지만, 연극이 끝난 후 나는 내가 그동안 누구를 예외로 만들었는지를 떠올렸다. 아픈 사람들을 기록했다. 일하다 다치고 병든 사람들. 나는 선량한 얼굴로 찾아가서는 그들의 '변해버린 장르'를 인정하지 않았다. 그들이 "내가 왜!"라고 할 때, 나 또한 "이 사람들이 왜!"라고 했다. '왜'가 해명되어도 그들이 '원래'대로 돌아올 수 없음을 알았다. 돌이켜 생각해보면 '원래'란 무엇일까 싶다. 그들의 '후일'을 염려하긴 해도, 내가 그의 새로운 장르를 읽어나갈 애정 어린 독자가 될 생각은 하지 못했다. 아니, 그를 '저자'로서 인정하긴 했을까.

일터에 '건강한' 노동자로 들어가 '건강하지 않은' 몸이 되어 나왔다. 더는 (임금)노동자로 살 수 없는 사람들이 내게 와서 자기 이야기를 했다. 나는 그들의 장르를 공포나 비극으로 인식했다. 직업병을 인정받더라도 그들은 예전처럼 사회가 말하는 '선별된' 노동자가 될 수 없었다.[18] 당사자들이 이 사실을 비관할 때 나도 같은 마음으로 그 비극을 보았다. 당시 나는 그것을 공감이라 착각했다.

왜 그들의 몸이 '선별되어야' 하는지 의심하지 않았다. 왜 직장에는 건강한 노동자만 들어갈 수 있는가. '완벽한 건강'을 '정상'이라 부르고, '몸의 통제'라는 환상에 '자기 관리'라는 이름을 붙인 사회에서 노동력의 평균값은 '건강한 몸'이 된다. 페미니스트 철학자 수전 웬델은 이를 두고 "공적인 세계는 힘의 세계이자 가치 있는 육체의 세계이며, 성과와 생산성의 세계이고, 젊고 성인인 비장애인의 세계"[19]라 했다. '정상인'들의 세계를 말하지 않고 '아파진' 몸을 이야기하는 행위는 나의 의도와 무관하게 그들의 삶을 '비극'으로 재현했다. 반복되는 비극을 써내려가면서 크고 작은 의심이 생겨났다. 나 자신이 아픈 몸의 권리를 인정하지 않으면서 직업병 피해자들의 이후를 걱정하는 것은 어떤 의미일까?

이런 의문이 슬금슬금 고개를 내민 것은 '다른몸들'이 기획한 시민연극 〈아파도 미안하지 않습니다〉처럼 아픈 사람들이 자신의 일기장을 들고 세상에 나왔기 때문이다. 그 덕에 '건강한' 몸을 '정상값'으로 여기는 세상이 지긋지긋하다는 이야기를 들었다. 내 진부한 생각을 들켰다.

나의 인터뷰이들은 더는 내 앞에서 "내가 왜!"를 묻지 않았다. 살아 있는 순간을 살아가기에 바빴다. 세상이 직업도 없이 휠체어에만 앉아 있다고 여기는 사람에게 집은 가족 간 권력 투쟁의 장이었고, 동시에 돌봄의 공간이었다. 병원이나 관공서를 오가는 좁은 행동반경에서도 무언가와 갈등하고 조율하는 일은 빈번하게 일어났다. 환대를 받건 아니건 자신이 발 뻗을 장소, 그러니까 자기 영역 만들기는 그네들 인생에 걸쳐 부단히 이뤄지는 일이었다. 이것이 노동이 아니면 무엇이 노동일까.

다들 자기 삶을 '써내려가기' 바빴다. 그렇기에 나 또한 무엇인가를 써야 했다. 몸의 기준을 '정상'적인 '건강'한 신체와 정신으로 두면 글을 적는 일이 한결 손쉽다. 익숙한 언어를 사용하고 상식적인 말을 하면 된다. 기존 세상을 기준 삼아 현을 조율하면 된다. 하지만 인터뷰이들이 자신이라는 '새로운' 삶을 써내려가는데, 나라는 사람이 앵무새처럼 같은 글을 반복할 순 없다.

어디에 기준을 맞춰 현을 골라야 하는지 망설이고, 우리가 듣고자 하는 음악이 과연 이것인지 묻는다. 어디에서 새로운 답을 구해야 할지 몰라 막막하다. 정답이 정해진 세상의 손쉬움을 버리는 일은 어렵다. 그럼에도 나 또한 수많은 '다른 몸들'이 만들어가는 새로운 장르의 서사를 기대하는 독자이기에, 내가 쓰는 글 또한 세상의 '이치'에 맞춰 고르고 다듬고 조율하지 않는 새로운 음악이길 바라본다.

1 이것이 소위 '가장'들의 싸움이 더 쉬웠다는 의미로 이해되지 않길 바란다. 쌍용자동차 노동자들은 77일간 자신들이 일하던 일터를 점거하며 싸웠고, 헬기와 테이저건을 동원한 공권력의 강제 해산으로 트라우마를 입었다. 오랜 파업 투쟁에도 정리해고를 막진 못했지만 구조조정 대상자 중 462명은 무급휴직으로 전환됐다. 이후 2년도 되지 않은 시간 동안 해고 당사자와 가족 20여 명이 세상을 떠났다. 이 중 다수는 스스로 목숨을 끊었다.

2 이 말은 '가장'인 '남성' 노동자를 상정해 만든 표어이다.

3 일하는 여성들이 농담으로 정규직과 비정규직은 '출산휴가 후 책상이 남아 있냐, 남아 있지 않냐'로 갈린다고들 말한다. 서류상 계약 기간 같은 것은 무의미하다.

4 이 글에 나온 구술은 매송·서산·송탄·원주영업소 톨게이트 요금 수납 노동자들과의 인터뷰를 바탕으로 했다,

5 톨게이트 투쟁을 다룬 시사 프로그램의 제목이다. 〈시사직격〉, KBS, 2020. 1. 17.

6 '웃통을 까다.' 말한 이의 의도와는 다를지 모르지만, 나는 이 표현이 마음에 든다. 우리 사회에서 남성에게만 허용된 표현이었기 때문이다. 남성의 탈의는 '웃통을 깐다' 같은 말로 표현하면서, 여성의 상의 탈의 투쟁에는 '알몸(시위)' '나체(시위)' 같은 원색적인 단어를 붙이는 사회이다.

7 희정, 《여기 우리 함께: 오래도록 싸우고 곁을 지키는 사람들, 그 투쟁과 연대의 기록》, 갈마바람, 2020, 209쪽.

8 시그네틱스 해고자는 총 22명이다. 네 차례 해고된 일곱 명 외에도 2001년 파업 때 해고되어 복직하지 못한 15명이 있다. 이들은 여전히 노조 조합원 지위를 유지한 채 해고 싸움을 함께하고 있으나, 여기서는 네 차례 해고 대상자인 아홉 명을 중심으로 이야기를 전개한다.

9 제주퀴어문화축제의 조직위원장이자 제주도의회 비례대표 공직선거에 출마한 바 있는 퀴어인권활동가. 국내 최초로 논바이너리 트랜스젠더 정체성을 드러내고 공직 선거에 출마했다. 2021년 2월 24일 자택에

서 사망했다. 이로부터 열흘 후인 3월 3일, 변희수 하사의 주검이 발견됐다. 부사관으로 복무하던 중 트랜지션을 했고, 여성 군인으로 복무를 할 수 있게 해달라고 청원을 하며 사회에 반향을 일으킨 이였다.

10 Jacob Tobia, "Please Stop Asking Me When I'm 'really' Going To Transition", MTV, http://www.mtv.com/news/2428003/genderqueer-transition-trans-awareness. '달팽이의 다양한 블로그'(kimdalpeng.tumblr.com)에 게재된 기사 번역본을 기초로 했다.

11 같은 글.

12 시민연극 〈아파도 미안하지 않습니다〉(2020), 나드·다리아·목우·안희제·재·홍수영 출연, 다른몸들 기획, 허혜경 연출.

13 〈조율〉, 한영애 노래, 한돌 작사·작곡, 1992.

14 "동료들은 소유의 정체성을 인정한다. 다만 '예외'로서. 소유라는 예외는 인정해준다. 이 예외는 오히려 이들 리그의 정상성을 공고히 한다. 대화를 나눌수록 소유는 자신을 예외, 그러니까 비정상이라 보는 세상의 상식을 확인한다." 희정, 《퀴어는 당신 옆에서 일하고 있다》, 231쪽.

15 주최 측인 '다른몸들'은 이 연극을 전문 배우가 아닌 일반인이 공연하는 시민연극으로 정의했다. 나는 이 단어를 들으며 목우가 이 무대를 통해 배우이자 시민으로 우리 앞에 섰다고 생각했다.

16 "시간이란 무엇인가? 그것은 보이지 않고, 잡히지 않는다. 다만 한 가지 확실한 것이 있다면, 시간은 오직 흘러가는 것으로만 확인된다는 사실이다." 김애령, 《듣기의 윤리》, 68쪽.

17 목우의 이 대사에 대한 조한진희의 해석을 함께 곁들인다. "목소리 듣기 운동은 환청을 '병리적 증세'가 아닌 '특별한 경험'으로 전복시키는 정신장애인 당사자의 경험적 지식이 주도하는 운동이다." 조한진희, 〈환청에 대한 도전적 해석, '목소리 듣기 운동'〉, 일다, 2020. 8. 30.

18 산업재해 관련 쟁점에는 '건강 노동자 효과'가 있다. 한 회사에서 유독물질이 원인으로 의심되는 암이 발생되면, 회사는 이것이 직업병이 아니라는 걸 증명하기 위해 전체 인구 대비 암 발병률을 가져온다. 이 질병이 발생할 확률이 총인구 대비 0.03퍼센트이기에, 한 직장 내에서

1만 명 중 세 명이 발병한 것쯤은 평균치라는 논리다. 하지만 직장 내 발병률은 전체 인구 대비에서 나온 통계치와 단순 비교될 수 없다. 전체 인구 중에는 허약한 사람, 면역체계 질환이 있는 사람, 그 외 다른 종류의 질병을 지닌 사람 등이 모두 포함되지만, 노동자 집단에는 주로 신체적으로 '건강한' 사람이 많다. 애초 질병이나 장애가 없는 '건강한 노동자'만 선별적으로 취업이 가능하기 때문이다.

19 수전 웬델 《거부당한 몸: 장애와 질병에 대한 여성주의 철학》, 김은정·강진영·황지성 옮김, 그린비, 2015, 87쪽.

4부

그럼에도 기록하기까지

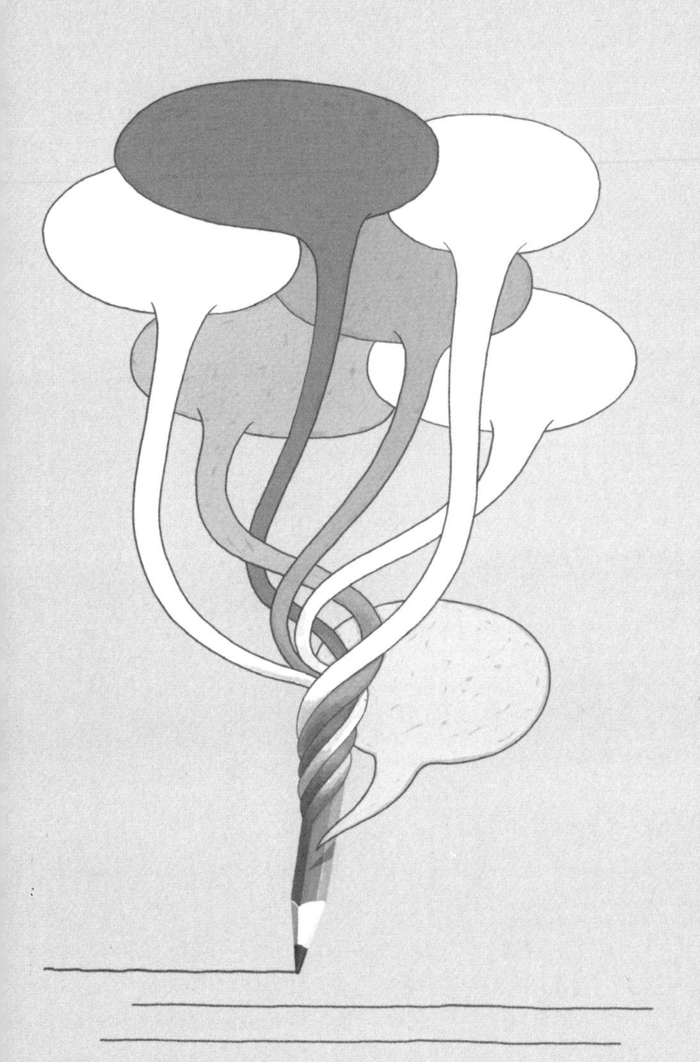

1

오늘이 제일 좋아, 제일 재밌어

대학 청소 노동자 노조 설립

2019년 서울대학교를 쓸고 닦던 청소 노동자가 창문도 없는 휴게실에서 숨졌다. 계단 아래를 막아 만든 창문 없는 방에서였다. 한 사람이 누우면 꽉 차는 넓이. 150만 평 대학 교정에서 그가 쉴 수 있는 공간은 단 한 평 휴게실밖에 없었다.

그의 죽음을 들었을 때, 아니 청소 노동자 처우에 관한 이야기가 나올 때마다 10년 전 내가 본 휴게실을 떠올린다. 2010년대 초반, 내가 졸업한 대학에서 청소 노동자들이 노동조합을 만들었다. 21세기에도 노동조합 설립이란 신고서만 내면 되는 수월한 일이 아니었다. 모든 것이 비밀리에 이뤄졌다. 노조 결성 준비 모임이 열리는 시간과 장소가 적힌 쪽지가 손에서 손으로 전해졌다. 알려진다면 설립보다 해고가 먼저일 테니, 교직원이나 업체 반장 눈에 띄면 안 되는 일이었다.

이 비밀스러운 일에 함께하는 학생들이 있었다. 내가 몸담았던 학회 성원들이기도 했다. 그때 나는 졸업을 했음에도 학교를 드나들고 있었다. 재학 시절에는 쳐다보지도 않던 도서관을 그리 자주 갔다. 직업도, 하고 싶은 것도 없었다. 단지 오래 머물 공간이 필요했다. 학교에 자주 드나들다보니 노조 소식도 듣게 됐다. 학회 후배에게 부탁했다. 나도 따라가고 싶다고. 노동조합이 만들어지는 과정을 가까이에서 보고 싶다는 욕심이었다.

다음 날부터 학생들이 유인물 몇 장 들고 청소 노동자 휴게실을 찾아다니는 일에 동참했다. 우리는 이른 아침부터 모였다. 청소 노동자들이 업무를 시작하기 전에 휴게실을 방문해야 했다. 문제는 수면 부족이 아니었다. 휴게실이 어디 있는지 모른다는 것이 우리의 발목을 잡았다. '미화원 휴게실'이라는 간판을 본 적이 없었다. 그래도 며칠 지나니 노하우가 생겼는데, 가장 후미지고 낡은 장소부터 찾았다. 지하층, 옥탑 꼭대기, 또는 옥외 쓰레기 수거함 옆. 작은 문을 열고 들어가면 그곳에 어김없이 청소 노동자들의 살림이 보였다.

'엄마'로 퉁쳐질 수 없는 사람들

두런두런 모여 있는 노년의 여성들을 보면 반가우면서도, 왜 대학이 이렇게까지 하나 생각을 했다. 이 넓은 대학 교정에 저이들에게 줄 한 평 공간이 없나. 왜 사람을 이런 곳에 두나. 속으로 물었다.

곧 답을 찾긴 했다. '우리 직원이 아니다'라는 말로 청소하는 이들의 노동권을 가볍게 무시하는 대학이 있었다. 한번은 노조 조합원과 학생들이 대학 행정실로 쫓아간 적이 있었다. 그곳에는 조합원들이 뽑은 노조 분회장에게 끝내 '아줌마'라 부르던 교직원들이 있었다. 적어도 '여사'라고는 부를 줄 알았는데. 순진한 기대였다. 학생 신분으로 교직원과 마주할 때는 친절과 불친절 정도의 호불호만 갈렸는데, 고용관계(그들 입장에선 제3자 개입)로 만나니 아주 다른 사람들이었다. 학생들은 항의했다. 지금 이들은 노동조합 업무로 온 것이니 적합한 호칭은 조합원이라고. '제대로' 부르라는 말에 점잔을 빼던 교직원들의 표정이 일순 굳었다. 그 표정에 내가 찾던 답이 있었다.

대학에서만 그 답을 찾을 수 있는 건 아니었다. 노조 대표인 분회장에게 기자들은 질문다운 질문을 하지 않았다. '힘들지 않느냐'고만 했다. 조금 더 선심 쓰면, '바라는 게 무엇이냐' 정도였다. 아무리 설명을 해도 끝내 '어머니'라는 호칭을 달고 나오는 기사 제목에도 답이 있었다. 그 답들에 화가 났다. 자신을 노동자로 드러내겠다는 의지 표명을 한 이들이었다. 하지만 무엇을 해도 '어머니' '여사님' '아줌마'라는 호칭이 사라질 줄 몰랐다. 자기 권리를 지키겠다고 용기 내 노동조합을 선택한 이들에게 "힘들지 않으세요?"라는 질문 이상을 건네지 못하는 세상이 있었다. 다른 질문을 하면 다른 답을 들을 수 있을 텐데. 그 누구도 이들이 할 수 있는 '다른 답'에 관심이 없었다. 그러면서 '목소리가 없는' 사람이라고 쉽게 불렀다.

우리가 이른 아침마다 휴게실에 숨어들어 만난 청소 노동자들은 나이 들어서도 힘든 노동을 감수하는 '불쌍한' 사람들이 아니었다. 노동조합은 이들에게 용기 낸 결정인 한편 계산된 선택이었다. 그 선택에는 살아온 '짬밥'(연륜)과 살아온 방식에 대한 성찰이 담겨 있었다. 사는 모양도 저마다 달라, 아무리 봐도 '고생하는 어머니'들로 '퉁쳐'질 수 없는 사람들었다. 재개발 공부를 하느라 쉬는 시간이면 관련 책을 펴놓고 엎드려 정독하던 세대주, 매주 노조 문제로 목사님과 갈등을 빚고 오는 신실하고 성실한 교회 집사, 봉사활동을 열심히 하는 부녀회 회원, 손주 보느니 일을 하는 게 낫다고 제 발로 일을 찾아 들어온 독립적인 할머니. 집에서 살림만 해온 사람도 있고, 돈벌이 노동을 손에서 놓은 적 없는 사람도 있다. 무수한 모습으로 내 앞에 나타난 이들이 다 지워

지고, "대학에서 우리가 제일 밑바닥"이라고 외치는 청소 노동자만 남는 것이 보기 괴로웠다.[1]

이들은 그동안 일하면서 "오늘이 제일 재미있어!"라고 했는데(그날은 노동조합 창립식이었다), 기사에는 눈물 콧물 흘리는 이야기가 나왔다('청소 노동자들의 눈물을 닦아주세요' 같은 제목을 달고). 저 사람들은 눈물만 흘리는 사람들이 아닌데. 눈물에도 전략이라는 게 있는 사람들인데. 심지어 눈물 정도는 스스로 알아서 잘 닦는 사람들인데. 그래서 말하고 싶은 것이 생겼다. 꾸역꾸역 이들의 이야기를 듣고 썼다. 나의 첫 기록글이었다.

> "우리가 이 나이 먹어서 권리가 없어 너무 억울한 거 많았어. 얼마나 쉬쉬하고 했는지 몰라. 그런데 딱 판단이 왔어. 우리에게 기회가 온 거다. 기회가 왔을 때 하는 거다. 약자들이 어디 가서 말 한마디 하면 큰일 나잖아? 이리저리 오라면 오고, 가라면 가야 하고. 그런데 이제는 아니라는 거지."
>
> ……
>
> 학생문화관 지하로 간다. 학생들이 대동제나 행사를 하고 나서 주로 뒤풀이를 하는 장소다. 막걸리와 보쌈이 준비되어 있다.
>
> "학생들 뒤풀이하고 나면 치우시기만 했지, 이렇게 학교

에서 놀아보신 적 없으시죠?"

"없지, 없어." 대답이 빗발친다. 막걸리 잔이 돌아가고 흥에 들뜬 조합원의 목소리가 높아진다. "오늘이 제일 좋아, 제일 재밌어." 몇 주 전 인터뷰를 했던 강미혜씨(가명)다. 그날 물어본 말이 있었다.

"여기서 일하시면서 재미있는 일 같은 거 없으셨어요?"

그녀가 두 손을 모은 채 고개를 저었다.

"글쎄, 뭐. 없어. 청소하는데 재미는…… 그냥 일하다가 가고 그거지."[2]

그런 그녀가 "오늘이 제일 좋아, 제일 재밌어"라고 외친다. 체구도 작고 말도 조용조용하던 그녀가 쩌렁쩌렁 목청을 울리며 "언니들 고맙다"고, "하면 된다"고 외친다.[3]

렌즈가 벗겨진 순간

청소 노동자들을 구석으로 내몰던 사람 중엔 나도 있었다. 어느 날부터 대학 정문에서 본관을 거쳐 중앙도서관으로 가는 속도가 더뎌졌다. 그 길목마다 당연하게도 청소 노동자들이 있었다. 노동조합에 가입해 안면 있는 분도 생기고, 노조를 만드는 과정을 지켜보며 알든 모르든 교내를 청소하는 분들에게 인사를 하기 시작했다. 그러다보니 하루에 인사를 수십 번씩 해야 했다. 낯을 가리는 성격에 잦은 인사가 버거웠다.

무슨 마법 같기도 하지. 그전에는 이리도 많은 청소 노동자들이 학교에 있다는 사실을 몰랐다. 100명이 넘는 이들이 내가 다닌 대학을 청소한다는데, 그 많은 수가 노조를 만들기 전까지는 전혀 보이지 않았으니. 아니다. 보이지 않은 것이 아니다. 이들은 어디서나 언제든지 자기 일을 했다. 다만 내가 이들을 보지 않았을 뿐.

무슨 렌즈라도 장착한 듯 보이지가 않았다. 영화 〈빵과 장미〉를 보며 감명받았는데, 그 대사 속 인물들이 바다 건너가 아닌 '우리 학교'에 있다는 사실을 몰랐다. 영화 속 대사는 이렇다.

"청소 작업복의 비밀이 뭔 줄 알아? 우리를 '투명인간'으로 만들어준다는 거야."

꽤 오래 대학을 다녔고, 노학연대(노동자-학생 연대)를 한다며 강의실보다 집회장에 있던 날이 더 많았는데도 대학에서 마주친 사람들을 노동자라 생각해본 적이 없었다. 졸업을 앞두고 진로 결정을 해야 하던 때, 뜬금없이 든 고민은 노동자가 무엇인지 모르겠다는 것이었다. 노동자가 생산의 주체이고, 세상을 바꾸는 주역이라고 이야기하는데, 나는 '노동자가 뭐지요?' 이런 물음을 한탄처럼 하고 다녔다. 그 신세 한탄을 하고 학회 방에 쓰러져 있으면 청소 노동자가 와서 바닥을 닦고 나갔다. 대자보 풀칠, 현수막 페인트칠, 늘 바닥이 지저분하다고 한소리씩 들었다. 엄마의 잔소리와 다를 바 없었다(그렇다. 나는 가사노동자도 보지 못했다).

그런데 마법이 일어났다. 이들이 노동조합을 만들겠다고 결심한 순간, 그 모습이 드러난 것이다. 노동조합은 그런 마법을 부리려고 있는 존재다. 심지어 이들을 '아주머니'라고 부르고자 버티던 대학 교직원마저 더 이상 이들을 보지 않을 수 없었다. 그림자 노동 같은 것은 통하지 않게 됐다. 이들이 묻기 때문이다. '우리의 노동을 아는가.' 그들의 물음이 세상의 렌즈를 벗겼다. 그 순간, 정말로 나는 이들의 노동이 궁금해졌다.

이제 안심이 된다고요?

이제 내가 그들에게 '보일' 순간이었다. 당시 '학생'이자 연대자였던 우리는 그들을 일방적으로 '보는' 존재에 머무르고 싶지 않았다. 서로가 서로의 눈에 들어오는, 그런 존재이고 싶었다. 그들이 '어머니'로 '퉁쳐지는' 일이 벌어지지 않기를 바라며 애썼던 것처럼 우리는 어떤 순간을 기대했다.

노조 설립 후 청소 노동자들은 대학으로부터 밉보이긴 했어도, 분명 '보이는' 존재가 됐다. 대학은 인력 감축, 복수

노조 등 조합원을 가를 여러 방도를 모색하긴 했으나 어쩔 수 없이 노동조합의 존재를 인정해야 했다. 물론 겉으로는 여전히 청소 노동자 노조는 자신들과 무관하다는 입장을 고수했다. (용역 계약을 맺은 '타 업체 직원'일 뿐이라면서도 대학은 50만 평 교정을 '상관없는' 사람들에게 맡겼다.)

행사나 집회 한번 하려고 해도 대학은 공간을 내주지 않았다. 무관한 사람들에게 내줄 장소가 없다고 했다. 물론 노조는 학교가 반대를 하든 말든 집회를 진행했는데, 그럴 때면 교직원들이 집회장 인근에 나와 서성거렸다. 감시 중이라는 무언의 표현인데, 내일이면 행정실을 닦고 교수실을 청소해야 하는 이에게는 부담이었다. 때론 경비노동자나 학내 다른 업체를 동원해 무력을 쓸지도 모른다는 언질을 주기도 했다.

그러면 학생들과 노조(상급단체) 활동가들이 바빠졌다. 기자들에게 취재 요청을 하고, 다른 학교 학생들이나 청소 노동자들에게 연대 요청도 보냈다. 그렇게 대비를 하고 행사를 치룬 여느 날이었다. 조합원들은 불안한 마음을 누르며 자리를 지켰다. 우리는 이들 옆에 섰다. 잠시 후, 저 멀리서 인근 대학 학생들이 오는 것이 보였다. 우리보다 서너 해 앞서 노동조합을 만든 학교였다. 조합원들이 수군거렸다. 자신들을 찾아왔다는 반가움, 고립되지 않았다는 안도감. 그리고 이 말을 했다.

"아이고, 이제야 안심이 되네."

순간 '여학생'들의 갈 곳 잃은 눈동자가 허공에서 부딪쳤다. 그 학생 무리에는 남성이 많았다. (여기서 밝힐 것이 있는데, 나는 '여자대학'을 나왔다.) 저 말 앞에 무엇이 생략됐는지 우리는 안다. '남자들이 와서.' 당시의 감정을 표현하자면 배신감이라는 단어가 적당하겠다. 아마 다들 새벽마다 휴게실을 찾아 걸어 내려간 지하 계단을 떠올리지 않았을까. 한겨울 언 손으로 노조 설립을 알리는 현수막을 걸다보면 나무에 긁혀 손에 상처가 생겼다. 교직원들이 청소 노동자들에게만 따가운 눈총을 보낸 것이 아니었다. 감히 학생 신분으로 '바락바락 대드는' 우리가 못마땅해 흘겨보는 걸 모를 리 없었다. 그래도 괜찮았다. 지하 계단을 내려가 작은 문을 열고 들어가면, '혹시나 반장일까봐 깜짝 놀랐다'며 호들갑스럽게 반겨주던 조합원이 있었다. 지나가다가 우리가 건 현수막을 보곤 엄지손가락 치켜들던 조합원도 있었다. '나는 노조 가입 안 한다'고 말도 못 붙이게 하면서도 귤 몇 개씩은 챙겨주던 사람들도 있었다. 그런 애정 때문에 아침마다 휴게실을 찾았다. 그렇게 사랑이 넘쳤는데, 우리는 이 조합원들의 '든든함'은 될 순 없었다.

사람과 사람이 만나는 연대는 아름다우나, 사람과 사람이 만나기에 아름답지만은 않은 일이다. 관계에 성별 하나만 들어와도 심정이 복잡해진다. 세상이 이들을 '어머니'의 자리에 고정시켜두려 했듯, 이들에게 우리는 '여자애들' 자리를 벗어날 수 없었다.

착각이라는 걸 알면서도

> 연대의 공간에 연민이 없고 시혜가 없는 것은 아니다. 선 자리가 다르고 그 자리의 높낮이가 달라 마음이 연민이 되고, 행위가 시혜가 되기도 한다. 연대도 일종의 노동이기에 그 안에서 노동의 위계도 보인다. 연대는 현실에서 일어나는 일이기 때문이다. 연대에는 성별이 있고, 나이(주의)가 있고, 문화자본과 상징자본도 있다. 숨기고 싶지 않았고, 숨겨지지도 않는 사실이다. 그러나 드러낼 방도도 몰랐다.[4]

이 글은 그날로부터 10년 후에 쓰였다. 그때도 지금도 드러낼 방도를 모른다. 남성 연대자에겐 든든함과 여성 연대자에겐 살가움을 바라는 마음에, 아니 성별을 쪼개고 고정시켜 활용하는 사회에서 수십 년을 살아온 누군가의 세월에 어찌 다가가야 할지도 모른다. 적응될 만도 한데, 연대자의 입장에서 배신감은 늘 새롭다.

내가 지향하는 세계와 그의 세상이 달라서일 것이다. 나를 '나'로 보여주고 싶은 것도, 같은 곳을 보고 싶은 것도 욕심이다. 그럼에도 같은 곳을 보고 있다고 착각이라도 하지 않으면 나란히 걸을 수 없는 것이 현실이다. 어쩌면 연대란, 같은 곳을 본다고 착각하며 나란히 걸으려고 노력하는 일인지도 모르겠다. 욕심과 현실을 줄타기하며, 오늘도 나와 다른 세월을 산 사람을 만나러 간다.

2

몹시도 중요한 이야기

회사가 사라진 사람들

말하는 이의 심정을 곧잘 헤아리며 듣는 편이라 생각했다. 어떤 사건을 당해 억울하고 분하고 약이 오르고 절망하는 사람의 감정에 공감하는 줄 알았다. 그런 착각이 이어지던 어느 날, 글을 쓰다가 어떤 단어 앞에 멈췄다. 관례. 이 두 글자였다.

며칠 전 계약상 '갑'이 내게 자신의 부당한 행동에 정당성을 부여하며 "이것이 관례"라고 했다. 돌아오는 길, 이성으로 판단하고 합리로 대응하겠다고 생각했다. 실은 마음을 다독인 게였다. 갈등은 어찌어찌 해결이 되었고, 괜찮은 줄 알았다. 그런데 글에 "관례라는 소리" 이 문구를 쓰는데 마음이 이상했다. 내 이야기를 쓰는 지면이 아니었다. 타인의 노동을, 그가 당한 부당함을 쓰는 중이었다. 그런데도 가슴이 미세하게 떨렸다. 화가 난 것이다. 고작 저 단어를 적는데도 그 때 받은 상처가 되살아났다. 경험이란, 단 두 글자에도 손이 떨리게 하는 것이다.

그러니 더 많은 단어와 더 많은 문장으로 내게 자신이 겪은 일을 말하던 이들은 어떤 심정이었을까. 내가 그간 어림짐작했던 것보다 훨씬 큰 용기와 애씀이 필요한 일이었다. 모르면서 쉽게 그 용기를 고마워했다. 가벼이 썼다. 귀도, 입도, 손가락도 지금보단 무거워야 했다. 당해보지 않으면 모른다.[5]

세상의 무관심

기록노동을 하며 나는 '사건'의 다른 말이 '남의 일'이라는 생각을 때때로 한다. 기록을 하러 찾아가면 사람들은 이렇게 물어왔다.

왜 세상은 우리가 겪은 일을 하찮다고 하지?

그에게 그 '사건'이란 집을 떠나 낯선 도시로 상경하게 하고, 수백 일 넘게 거리에서 농성하게 하고, 다니던 회사를 점거하는 결심까지 하게 하는 것이다. 집 나와 생활하느라 고달프다는 수준이 아니다. 농성장 세우면 경찰이 오고 행정 직원이 온다. 그렇게 일터에서는 불러도 오지 않은 공무원을 이때는 원하지 않아도 보게 된다. 짧은 순간 모멸로 끝날 수도 있고, 사지가 들려 쫓겨나오기도 한다. 각종 법 위반과 고소·고발로 경찰 조사를 받고 법정에도 선다. 내가 이런 데 끌려다녀야 하나 비참해진다. 경찰의 실실거리는 농담도, 조사한다고 부른 검사의 고압적인 태도도 짜증난다. 법정에 서면 판사에게 고무신을 집어 던졌다는 사람의 심정을 알게 된다.

내가 이런 대접을 받으려고 그렇게 열심히 살아왔나? 존재의 가치를 '성실'에서밖에 찾을 수 없는 평범한 사람들이다. 부모의 부에서 나오는 재산도, 문화적 자산에 영향을 받는 재능도 없을 가능성이 크다. 평범한 삶을 위안 삼아 살아왔는데, 더는 평범한 일상으로 돌아가지 못할 것만 같다. 두려운 일이다. 그런데도 싸운다. 그만큼 포기할 수 없는 중요한 문제이다.

그런데 살짝 한 발 옆으로 비껴 선 사람들은 그의 사건을 두고 '세상이 다 그런' 것이고, '어쩔 수 없는' 일이라 하고, '유난 떨지 말라'고 한다. 어떤 이는 '열심병'에 걸려 밤낮없이 일하다가 몸에 무리가 왔다. 자궁내막증 수술까지 했다. 이게 과로 질환은 아닐까. 의심은 되지만 물어볼 곳은 없고, 그래서 자신이 알고 있는 지식으로는 유일한 정보 제공처인 고용노동센터에 전화해서 문의했단다. 돌아온 답은 "고객님, 저도 얼마 전에 그 수술 받았어요"였다. 요즘 자잘한 질병 없는 사람이 어디 있냐고, 어디 회사 핑계를 대냐는 말로 들렸다고 했다. "내가 무슨 루팡처럼 느껴져서 부끄럽기도 하고 화도 나고 그랬어요."[6]

비슷한 경험을 털어놓는 사람이 많다. 해고 통보를 받고 막막한 마음에 이리저리 전화번호부만 들추다가 고용노동부에 전화했을 때 "저희는 해드릴 게 없어요"라는 답을 받았던 사람. 자기 문제가 아니었을 때는 세상일이라는 것이 순리에 따라 굴러간다고 믿지만, 막상 자신에게 일이 닥치자 무엇이 순리인지 혼란스럽기만 하다. 혼란한 가운데서도 하나 알게 되는 것은, 세상이 자신의 문제에 관심이 없다는 사실이다.

인터넷 댓글을 보면 그렇게 '노조 욕'이 많다. 떼쓴다고 될 일이냐. 이기적인 집단. 막무가내. 빨간 머리띠에 주먹을 쥔 무섭기도 하고 답답해 보이기도 하는 노동조합이라는 조직을 사람들이 왜 찾느냐? 자신이 겪는 이 일이 중요한 문제라고 말해주는 사람이 아무도 없으니까. 떨어지지 않는 발길을 간신히 떼어 노동조합 문을 열고 들어가면, 그곳에는 그를 위로해줄 사람이 기다리고 있지 않다. 그가 잃어버린(또는 빼앗긴) 것이 '권리'였다고 말해주는 이가 있을 뿐이다.

그렇게 하찮나요?

폐업이라는 사건을 겪은 여자들을 만났다. 사라진 회사를 좇으며 싸움을 하는 이들은 무수한 말을 해주었지만, 어쩐지 그네들은 이렇게 묻고 있는 것 같았다. 왜 세상은 우리가 겪은 일을 하찮다고 하지?

길게는 20여 년을 다닌 회사가 하루아침에 문을 닫아걸었다. 이유를 물어도 답해주지 않거나, '너희 때문'이라고 했다. '너희가 노동조합을 해서' '너희가 생산성이 없어서' '너희가 임금을 반납하지 않아서'라고. 집보다 회사가 우선일 때가 많았던 이들로서는 가슴을 칠 일이다.

회사를 닫는 일은 생각보다 절차가 간소했다. "사장이 못하겠다는데"라는 말이면 중소기업 문 닫는 것은 일도 아니었다. 일하던 사람들의 눈만 커졌다. 사장의 100평짜리 자택, 지자체, 고용노동부, 대통령 직속 소속이라는 일자리위원회까지 찾아가도 뚜렷한 답을 들을 수 없었다. 잘 대해줘봤자 자신들을 '가엾게' 여길 뿐이고, 보통은 떼쓴다고 될 일이냐는 눈총이 돌아왔다. 어쩔 수 없는 일이라 했다.

"언론이 찾아와 일자리를 잃은 사람들에게 심정을 물었지만, 생각이 아닌 심정을 묻고 눈물과 한숨을 담아갔다. 그마저 폐업은 사회적으로 '어쩔 수 없는' 일이기에, 그 일을 겪은 사람들의 감정을 가지치기해 보도했다."[7]

그나마 찾아가 싫은 소리라도 들을 수 있던 것은 노동조합이 있었기 때문이다. 혼자였다면 찾아갈 곳은 고용센터(실업급여 창구)밖에 없다.

누군가에겐 해를 넘겨 농성을 하고, 다니던 회사를 점거까지 해야 하는 결심을 하게 하는 일이 왜 세상에 나오면 그리도 하찮은 일 취급을 당하는 걸까. 세상이 썩어서? 일하는 '아줌마'들이 보잘것없어서? 그 물음을 달고 산 끝에 누군가는 이런 세상을 바꿔보겠다고 인생의 방향을 틀고, 누군가는 우리 싸움이 이겨도 이런 세상에서 자식을 키울 생각을 하면 눈앞이 깜깜하다고 했다. "그래서 싸움을 시작하기 전보다 더 우울해." 목소리를 낮춰 말했다.

우리가 겪은 일이 그렇게 하찮나요? 이 질문을 받으면 마음이 급해졌다. 누군가에게 중요한 일과 세상의 하찮은 일 사이의 간격, 그 거리를 좁히기 위해 끄적였다. "이것은 아주 중요한 이야기"[8]라는 말을 놓을 자리를 찾아다녔다.

마치 누구나처럼

동시에 이런 말을 하고 싶었다. 이것은 누구나 겪을 수 있는/겪고 있는 일이라고. 저서인 《회사에 사라졌다》에 담진 않았지만 이런 문구를 쓴 적 있다.

"실은 세상 사람들에게 보여주고 싶었던 것일 수도 있다. 들을 만한 가치를 점수 매겨 선별하는 세상에, 이들의 말이 들어야 할 가치가 있다는 것을. 이들의 말을 세상에 전하는 이유는 이들이 굴곡진 인생을 지녀서, 사연이 굽이져서가 아니다. 소외된 목소리여서가 아니다. 내가 기록할 이 사람들이 어떤 사건을 겪고, 이를 계기로 기존의 세상을 다시금 바라보는 경험을 했기 때문이다. 마치 누구나처럼."

누구에게나 닥치는 어떤 사건을 기록한다. 아니, 사건이 터지면 기록을 하러 간다. 이 말도 정확하지 않다. 누군가 사건을 겪고, 이를 자기 인생에서 중대한 사건이라 규정하고 세상에 알리거나 해결해보려고 애쓸 때에야 소식을 듣고 찾아간다. 아니다. 내가 찾아가게 되는 시점은, 소식을 듣고 그를 찾아가는 사람들이 생기고 난 후다.

찾아오는 사람들이 있다. 누군가 '남의 일'을 해결하러 찾아온다. 이것은 싸움을 결심한 사람들에게는 놀랍고 충격적인 일이다. 내가 물어 들은 답은 아니지만, 이 놀라움을 잘 표현한 말이 있어 가져온다. 굴지의 그룹 LG의 트윈타워 건물을 청소하던 이의 말이다. 그와 동료들은 계약 해지를 당하고 석 달 넘게 빌딩 안팎에서 농성을 했다.[9] 그는 '힘들지 않았느냐' '떠나고 싶진 않았느냐'는 질문에 이리 말했다.

"나도 갈등이 많았다. 돈 몇 푼 받고 가는 사람들도 있었다. 그런데 뉴스를 보고 얼굴도 모르는 분들이 연대하러 오시는 걸 보고 마음을 다졌다. 돈 있는 자들이 없는 사람을 이렇게 무시하고 짓밟는 걸 당하면서, 이대로 물러서면 안 된다는 결심이 생겼다."[10]

얼굴도 모르는 사람들이 온다. 아무래도 억울해서 목소리를 내다보면 그 목소리를 듣고 찾아오는 사람들이 있다. 그 순간 사람이 홀로 사는 존재가 아님을 각성한다. 본인도 옆 사람을 위해 좀 더 버텨준다. 그렇게 서로를 버티게 해준 사람들의 행렬을 뒤쫓아 나도 녹음기와 노트북을 챙겨 들고 간다. 그제야. 그러니 내가 보게 되는 것은 사건이 아니라, 그 사건을 겪어내고 있는(또는 겪어낸) 사람이다.

내일 너머의 미래

내가 살피는 것은 사건이 사람에게 어떤 영향을 끼쳤는지다. 사건이 누군가의 인생을 달라지게 만들었는지. 그가 달라져버린 인생에 어떻게 적응하고 어떤 의미를 부여하는지. 그러니까 사람이 사건을 겪어내는 과정을 쓴다. 경험이란 사건의 나열이 아니다. 한 사람이 사건이 벌어지는 구체적 현실 안에서 자신의 자리를 자각하거나 변동시키는 과정이다. 이를 입말로 하면 "세상이 이전과 다르게 보인다" 정도로 줄일 수 있겠다. 싸움을 시작한 이들이 가장 많이 하는 말이다. 그들은 세상이 더 이상 '이전에 내가 알던 세상'이 아님을 알게 된다. 그들이 사는 세상이 변한 것이 아니다. 그들이 선 자리가 변한 것이다.

내가 이 사회에서 어디쯤 있는지를 파악하는 일은 자신이 겪은 일들을 어떻게 해석하느냐에 따라 달라진다. 무엇을 달리 해석한다는 걸까.

"싸우는 동안 이순씨는 지나간 삶의 경험들을 다르게 해석할 수 있었다. 그저 '고생했구나' 하고 지나친 세월을 '갑질'이라 이름 붙이게 되었다. 고생했던 지난날에 사회가 '잘못'한 탓도 있음을 알고 나니 조금은 덜 힘들었다. '다 늘그막'일지라도 내세울 수 있는 새로운 말을 얻어서 좋았다."[11]

《회사에 사라졌다》를 함께 쓴 이(하은)가 해석한 이순씨의 삶이다. 이순씨는 일흔이 되어가는 나이에 폐업을 겪었다. 그 나이에 노동조합도 만났다. '사는 게 다 그렇지'라며 견뎌내던 세월에 '갑질'이라 이름을 붙이자 사는 것이 좀 나아지기 시작했다.

이순씨가 그간 자신에게 가해진 행위가 부당하다는 것을 몰랐을까? 아니다. 아마 동료들과 백번 천번 사장 욕을 했을 것이다. 하지만 욕만 해서는 살아갈 수가 없다. 욕할 것밖에 없는 직장에 내일 다시 와야 하는 자신의 자존을 지키기 위해 사람들은 욕을 멈추고, 인생의 순리를 떠올린다. 사는 게 다 그렇지. 순리에 따르면 세상은 하루 더 살아갈 만했다. 당장은 살아갈 만한 세상에서 야금야금 빼앗기는 것도 순리였다. 그러다가 결국 다 내어주지는 못하겠다는 그를 회사는 내쫓았다.

그 사건을 겪으며 이순씨는 인생의 순리를 다른 방향으로 틀었다. 고생을 '갑질'이라 명명했다. 이제 내일 출근해야 하는 나와 타협하며 살아갈 필요가 없게 됐다. 오늘을 살아갔다. 그리고 미래를 보았다. 세상을 향해 발길을 옮긴 이들을 보며 나는 "내 자식에게 이런 세상을 물려주고 싶지 않다"는 말을 이전처럼 노동자들이 흔히 하는 관용구나 가족주의 발상으로만 듣지 않게 됐다. 내일만을 위해 살던 이가 내일 너머의 미래를 떠올렸다는 신호로 읽기 시작했다.

그러니 나는 들어야 한다

남의 일은 남의 일일 수밖에 없다. 옆에서 애달파해도 거기까지가 끝이다. 나는 여전히 사건을 겪고, 사연을 말하고, 고통을 내비치는 이에게 어떻게 인사를 건네야 할지조차 모른다. "잘 지내시나요?" "힘드시지요." "잘될 거예요." "힘내세요." 이토록 부끄러운 말들이 어디 있을까. 말을 내뱉곤 번번이 후회한다.

'목마른 사람들 앞에서 물을 마시지 말라'는 말이 있다.

안타깝게도 나는 상대가 얼마나 목이 마른지 모른다. 갈증의 정도를 가늠하지 못할 뿐 아니라, 그 옆에서 무심코 생수병을 들었다가 놀라 황급히 내려놓는다. 그런 사람인 나는 내가 알 수 없는 것을 쉬이 짐작하려 하지 않는다. 그가 느끼는 목마름에 대해 아는 척하려 하지 않는다. 그의 목이 얼마나 타는지, 갈증으로 식도와 장기가 쩍쩍 갈라지는지 전하려 하지 않는다.

다만 누가 그에게서 물을 빼앗았는지, 타는 갈증을 그는 지금 어떻게 견뎌내고 있는지, 견디고 버티고 겪어냄이 그에게 무엇을 남기고 무엇을 지우는지, 남겨지고 지워지는 것을 그는 어떻게 알아채고 감각하는지를 쓰려 한다. 그 인식과 감각이 그를 어떻게 변화시키는지. 더 나아가 그가 물을 찾기 위해 어떤 행보를 보이는지, 물길을 찾으려는 그와 함께하는 사람들 사이에서 어떤 모습으로 서 있는지. 달라진 그가 세상을 어떻게 바꾸어내는지. 아니 이 모든 것을 뒤로하고, 그가 지금 무슨 말을 하고 싶은지.

그러니 나는 그의 말을 들어야 한다. 그것은 몹시도 중요한 이야기이니.

그런데도 이들은 "다른 사람들도 우리처럼 싸울 수 있다는 것을 알게" 글을 써달라고 했다. 후회가 없다고는 말할 수 없지만, 이들은 인생에서 처음으로 가져보는 '자기 시간'이라고 했다. 기계 앞에 묶이지 않은 시간이 오랜만이었다. 그 시간 동안 '세상'이라는 것을 봤다. 처음으로 자기 권리를 요구하는 경험을 해본 노동자들이 가장 많이 하는 말을 이들도 했다.

"예전하고 세상이 다르게 보여."

……

사라진 회사와 싸우는 여자들이 들려준 이야기는 우리가 익히 들어온 것이 아니었다. 그곳에는 공장 부도로 멱살 잡히는 사장과 '토끼 같은 자식'을 둔 가장의 이야기만이 있지 않았다. 대기업의 납품 장난질, 돈 놓고 돈 먹기 식의 금융투기, 요상한 일자리 창출 정책으로 인해 가장 먼저 내몰리는 사람들의 이야기가 숨어 있었다.

회사 밖을 나가는 사람들 사이에 선별이 있다면, 어쩌면 그건 '어쩔 수 없는 일'이 아니지 않을까. 어쩔 수 있는 일이라면, 대안과 책임을 만들어낼 수 있진 않나. 우리가 몰랐던 이야기는 그런 기대를 품게 했다. 그래서 조금 더 듣고자 했다.

회사가 사라지고 이들의 인생은 어떻게 변했는지를. 이들이 바라본 세상의 풍경은 어떻게 달라졌는지를. 그리고 이들을 포함해 일하는 사람들에게 '회사가 사라지는 일'이란 무엇인지를.[12]

3

타인의 고통 앞에서

고통을 적는 일의 역설

글이 좋았다. 좋아서 썼다. 글이 좋은 이유는 하나였다. 문학 작품은 "그가 죽었다. 비통함이 가족을 짓눌렀다"라고 한 뒤, 다음 문장에서 "이레가 지났다"고 했다. 그것이 좋았다. 현실은 1분 1초가 성실하게 가는데, 이야기 속에선 몇 년째 지속되는 비극, 온종일 흐느끼는 눈물, 흉터가 생길 때까지 아물어야 하는 상처의 시간을 건너뛸 수 있었다. 쉼표도 줄바꿈도 허락하지 않는 현실에 비해 글은 자유롭고 안일했다.

아니, 안일한 것은 나였다. 글 쓰는 일이 직업이 되자 더는 글이 좋지 않았다. 나에겐 고통을 행간에 숨겨둔 글보다 먼저 만나야 하는 대상이 있었다. 하루 이틀 이레 성실하게 삶을 겪어내는 사람들을 만났다. 그들은 내게 침묵 속에 숨겨둔 이야기를 전해주었다. 그러면 나는 그 이야기를 가져와

쉼표를 치고, 말줄임표를 넣고, 줄바꿈을 했다. 그렇게 글을 만들었다.

내 나름대로 숨 쉴 공간을 마련한 채 글을 내보냈지만(그래야 읽히니까), 정작 그들의 이야기를 마주하는 나는 숨이 턱턱 막히곤 했다.

고통은 천연색

세월호 참사에 희생된 학생들의 약전[13]을 쓰기로 했다. 학생들의 수만큼 많은 작가가 참여했고, 나도 한 꼭지를 맡았다. 한 학생의 짧은 생애를 쓰는 일이었다. 하민재라는 학생이었다.[14]

집에서는 잘 웃고 학교 가서는 잘 웃기는, 웃음소리가 밝고 높던 이였다. 생일날 친구들과 오락실에 가고, 다음 날에는 영화를 보기로 했지만 그럴 수 없었다. 수학여행을 떠난 것이다. 이 모든 것은 그의 부모에게서 들은 이야기였다. 때론 그가 썼던 다이어리의 도움을 받았다.

초면인 사람과 인터뷰를 시작할 때면 나는 어찌할 바를 모른다. 그가 지닌 생각, 품은 감정, 겪은 사건의 깊이를 모르기에 그런다. 그 깊이를 가늠하기 전까진 내 앞에 앉은 사람을 어떻게 대하고 어떤 말부터 꺼내야 할지 알 수 없다. 조심스러움을 넘어 어찌할 바를 모르고 긴장한다. 그런데 민재의 부모님을 만나 이야기를 들은 그날은, 인터뷰를 마치고 그들이 나를 역까지 차로 바래다주는 순간까지도 어찌할 바를 몰랐다. 내가 상상도 할 수 없는 삶이 그곳에 있었다. 아주 큰 배가 바다에 빠져서 나오지 못했을 때, 나는 그로 인해 상실을 겪은 이들의 슬픔을 상상할 수 있었다. '참혹'이라는 단어를 사건 앞에 붙일 수 있었다. 하지만 당사자 가족을 직접 만났을 때, 내 상상력은 작동을 멈췄다.

이야기는 하민재라는 사람의 짧디짧은 생애에 맞춰졌지만, 내가 들은 것은 그의 부모가 살아내는 오늘이었다. 말을 하다 생긴 긴 침묵에도 그들의 오늘이 있었다. 어제가 지나고 오늘을 살아내고 내일을 기다려야 하는 일은 사람을 살아가게 하는 힘이자 잔혹함이다. 내일도 살아야 한다. 흘러가지 않는 시간 때문에 키우기 시작했다는 화초가 어느새 방을 가득 채웠다. 그곳에서 이야기를 들었다. 지금도 민재네를 떠올리면 그 적막했던 방밖에 생각나지 않는다. 그 집에서 민재의 방은커녕 화장실조차 간 기억이 없다. 화분 가득한 방에서 나는 한 발자국도 발을 떼지 못했다.

살아남은 민재의 친구는 그날을 기억하는 자신만의 메시지를 몸에 타투로 새기고 나타나 구조대원이 장래 꿈이라는 말을 하고는 입을 다물었다. 인터뷰를 하며 내가 느낀 감정은 고통이었다. 타인의 고통 앞에서 어찌할 바를 몰라 고통스러웠다.

고통에 대해 나도 읽은 것이 있고 들은 것이 있었다. '고통이 아닌 고통을 겪는 사람을 봐야 한다.' '사람은 고통보다 훨씬 큰 존재이다.' 새겨들어야 할 말이지만 타인의 고통 앞에 선 순간 그 말은 그저 말일 뿐이었다. 나는 그 방에 앉아 고통은 천연색이라고 생각했다. 공기마저 가라앉은 실내에 화초 홀로 붉고 푸른 빛을 발했다. 저 화초를 돌보며 보내는 시간이 고통일 것이다.

상대가 울면 휴지라도 건네지, 손쉬운 손길마저 거부한 채 꼿꼿이 선 이들의 슬픔과 마주하고 돌아오는 길이면 어찌할 바를 몰랐다. 나 또한 견뎌야 하는 시간이었다. 그렇게 인터뷰를 마치고 돌아왔다.

비껴가고 피해가고

살아 있다는 사실만으로 죄인 같던 감정은 우습게도 며칠 지나자 사그라들었다. '현생'이 바빴다. 시간은 빠르게 흘러 마감 날이 다가왔고 원고 독촉이 왔다. 그제야 내가 뒤로 미뤄둔 타인의 고통이 떠올랐고, 나라는 사람은 내 손가락의 상처가 제일 아픈 인간임을 또 한번 확인했다.

피로가 쌓인 상태에서 약전을 쓰기 시작했다. 변명이지

만 그 시기 나의 부모도 아팠다. 집중력은커녕 글 쓸 시간 자체가 부족했다. 24시간 여는 카페를 찾아가는 길목에 서서 엉엉 운 일도 있었다. 힘에 부쳐서만이 아니었다. 약속한 시간 내에 글을 완성하지 못할 것 같은 두려움 때문이었다. 자식을 기다리는 사람에게 글마저 기다리게 해야 하다니. 무서운 일이었다.

한밤중 카페에 앉아 나 자신에게 말했다. 내가 아무리 힘들어도 자식 잃은 사람보다 더 힘들겠나. (물론 나의 부모는 죽을병이 아니었으나) 나의 부모가 죽는 일과 타인의 자식이 사라진 일을 두고 경중을 따졌다. 그렇게 고통을 저울질했다. 더 무거운 쪽을 택하자는 마음이었지만, 답은 이미 정해져 있었다. 써야만 하는 이유가 필요했을 뿐이다.

지금도 그때가 이따금 기억나는데, 글이 처음으로 내게 온전히 고통이 된 순간이었다. 누군가의 말을 들은 빚이라는 게 얼마나 무서운 건지 비로소 알았다. 아니, 타인의 고통을 어설프게 직면한 대가였다. 나는 줄곧 누군가의 고통을 써내려가면서도 비껴가고 피해갔다. 기록글을 쓰겠다고 마음먹은 지 얼마 되지도 않아, 타인의 고통과 죽음에 대한 글을 써야 했다. 사람이 일을 하다가 야금야금 병들고 죽어가는 일을 기록했다.

뇌에서 종양이 부풀고 있는 사람이 조용한 방으로 나를 데리고 가 자신이 어떤 약품을 썼고, 어떤 환경에서 일했는지를 꼼꼼하게 말했다. 그러다가도 기억이 나지 않는다고 머리가 아프다며 인상을 썼다. 거실로 나가면 엄마를 닮은 남매가 있었다. 두 자녀가 초등학교에 가기도 전에 그는 몸을 가누지 못하고 병상에서 몇 개월을 보내더니, 그렇게 갔다.

내가 인터뷰했던 사람이 죽었다. 글에다가 잘도 "생명이 얼마 남지 않았다"고 썼다. 장례식장에 다녀와 기고 요청을 받고 또 글을 썼다. 그를 닮은 아이가 엄마의 유골함을 보고 "엄마가 저렇게 작은 데 들어가 있다고?" 묻던 장면을 글에 넣었다. 선명하니까. 상실이 무엇인지 말해주니까. 그 글을 쓰며 나는 나 자신을 용서하지 않았다.

사람들은 내게 물었다. 어떻게 사람이 죽어가는 일에 대해 쓸 수 있는지. 고통스럽진 않은지, 힘들지는 않은지 염려하는 사람들에게 "제가 좀 둔해서요"라고 무심히 말했다. 묻지 말라는 소리였다. 실은 들키고 싶지 않았다. 내가 그들과 직면하지 않기 위해 애를 쓴다는 사실을. 그래서 쓸 수 있었다. 그렇게 쓰는 나를 별로 사랑하지 않았다.

예의와 비겁 사이

그래도 나를 위해 변명을 하자면, 직면하진 못했으나 예의를 갖추는 법을 배워나갔다. 누군가의 사연과 죽음을 기록하는 데 예의가 필요하다는 사실을 뒤늦게 깨달은 것이다. 〈종로의 기적〉(이혁상, 2011)이라는 영화가 있다. 저예산 다큐멘터리 영화이고, 나 또한 작은 영화제에 가서 사전 정보도 없이 보게 된 작품이었다. 이후 자주 회자된 영화이지만, 당시엔 그랬다. 영화를 재미있게 보고 있는데, 밝고 쾌활하던 주인공 한 명이 (내 기억엔) 뜬금없이 스크린에서 사라져버렸다. 세상을 떠난 것이다. 그가 왜 죽었는지, 병사였는지 사고사였는지 다루지 않았다. 영화는 그의 사연을 들춰내진 않았어도 그가 어떤 사람이었는지를 충분히 이야기했다. 나는 그 작품을 통해 개인의 사연을 함부로 다루지 않는 법을 배웠다. 물론 그때 배운 것이 정확히 무엇이었는지를 아는 데는 꽤 시간이 걸렸지만 말이다.

투병과 죽음을 적지 않게 기록한 후에야 그날 내가 배운 것이 무엇인지 알게 됐다. 사연을 나열한다고 그 삶을 제대로 아는 것이 아니었다. '감춤'과 '말하지 않음'은 기록자가 갖춰야 할 예의였다. 그를 아끼는 자의 배려이고, 무엇을 감추고 무엇을 말하지 않을지 선별하는 것은 그를 아는 사람이 할 수 있는 행동이었다.

이후 성소수자 노동을 다루면서는 이들의 내력을 세세히 넣지 않았다. 내가 직면하고 감당하지도 못할 삶을 알려고 하고 그것을 사연으로 적어내는 일을 그만하고 싶었다. 하지만 지금도 갈등한다. 타인의 깊은 고통을 헤집지 않고 비껴가는 일을 '예의'라 생각하기도 하면서, 마주하기 두려워 선택하는 '비겁'이 아닌지 의심한다. 두 마음 모두 정답일 것이다.

비겁을 걱정하면서도 온전히 피하지 못한다. 직면하지 않는다고 아프지 않은 것도 아니다. 바로 이 글을 쓰기 위해 반도체 전자산업 피해 노동자의 이야기를 담은 내 첫 번째 기록집을 꺼내 들었다. 이 책에 윤정씨의 마지막도 담겼다. 6년간 삼성반도체 온양공장에서 일했던 사람. 뇌에 종양이 생겨 세상을 떠난 사람. 머리가 아프다면서도 꼼꼼하게 자신이 일한 공정에 대해 이야기해준 사람.

> 이윤정씨는 의사가 말한 시한부 1년을 넘겼다. 그녀가 쓰러진 지 1년이 된 올해 어린이날, 윤정씨는 사람들의 기념 인사가 없었다고 농담을 했다. 8월, 그녀는 자신의 산재 재판을 참관했다. 얼굴도 몸도 붓기가 빠져 예전의 모습을 되찾고 있었다. 그러나 이 글을 쓰던 중 그녀가 응급실에 실려갔다는 연락을 받았다. 윤정씨의 머리에 새로운 종양이 생겼다.
> 윤정씨는 반올림 사람들에게 말했다. 인생은 참 이상하다고. 생이 얼마 남지 않아 이렇게 좋은 사람들을 만나게 된다고.[15]

읽는 도중 울음이 터졌다. 사람 많은 카페에서 끅끅 소리 내어 울었다. "생이 얼마 남지 않아"라는 말이 무엇인지 이제는 안다. 내가 슬퍼했음을 인정한다. 당시도, 지금도 슬프다. 직면하지 않으려 했던 것은 어쩌면 내 마음일지도 모르겠다. 마주 보지 않으려 한 것은, 그래, 힘들어서일 것이다.

고통을 둘러싼 역설

이 힘든 일을 왜 멈추지 않는가. 간혹 스스로에게 묻는 일이다. 어떤 인류애나 정의로움으로 하는 일은 아니다. 선한 마음만으로 하기에 기록(활동)은 감수할 것이 많은 일이다. 그런데도 왜 이 일을 멈추지 않는지 모르겠다. 내가 '왜 계속 싸우세요?'라고 물어보게 되는 인터뷰이들도 그런 마음일까.

누군가는 고통에 관한 이야기를 쓰고 읽는 이유를 "인간의 존엄성을 고취할 수 있다고 믿기 때문"이라고 했다. 그것이 인간으로서의 권리를 지키도록 "인간적 공감 작업"을 일깨운다.[16] 그런 믿음이 없다면 조금도 움직일 수 없을 것이다. 하지만 고통스러운 이야기 앞에선 지금 당장 그 말을 들어야 한다는 책무나 열망보다, 이 질문이 앞선다. 고통을 기록하는 것이, 사람들이 고통의 말을 듣는 것이 어떤 의미가 있는가.

고통은 말해지는 과정에서 ‘상처’를 동반한다. 그것을 감수하고도 말해질 필요가 있는가. 중일전쟁 전범의 인터뷰를 다룬 제임스 도즈는 “고통을 재현하는 데는 역설이 있다”고 했다. (더는) 상처 입지 않기 위해서는 일어나고 있는 일을 말해야 한다. 그러나 이야기는 기록자나 당사자가 “예상치 못한 방식으로” 상처를 남기기도 한다. 듣는 이들은 “생존자들에게 치유가 되는 말을 들려주고 싶어 하지만 때로는 다시 트라우마를 주고 싶어 하기도 한다. 거리감이 있는 낯선 이들을 생기 넘치고 친밀하게 느껴지는 사람으로 만들고 싶어 하기도 하지만, 때로는 그를 추상적이고 이차원적인 ‘피해자’의 정체성에 가두고 싶어 한다”.[17]

일터에서 죽은 자식을 둔 어떤 이는 장례식장에서 밥 한 술 뜨다가 이 말을 들었다고 한다.

“아들 죽었는데도 밥은 넘어가나보네.”

어느 식당에서 수저를 들다가 그는 이때의 일을 전했다. 밥을 퍼 담을 때마다 그 말을 곱씹을지도 모른다. 옆에서 누군가는 말했다. 그이와 같은 처지였다.

“나는 그래서 사람들 앞에서 밥을 아예 안 먹었어.”

자식 잃은 사람에게 그만 울라고 하면서도, 울음을 멈추면 눈물도 보이지 않는다고 품평하는 세상이다. 이런 세상에서 고통을 드러내는 것은 위험한 일이다. 내가 적어내린 기록이 상처의 매개물이 될 수 있다. 그럼에도 쓴다. 이유는 간명한데, 그가 말하기 때문이다.

상처받을 것을 알면서도 그는 말하고자 한다. 말하지 않고는 견딜 수 없다. 자신에게 벌어진 가혹한 일이 내일도 모레도 끄떡없이 계속된다. 나는 죽을 것 같은데 세상은 몹시 말짱하다. 그 말간 얼굴을 한 세상에서 자신과 같은 일을 겪는 사람들이 오늘도 생겨난다. 그러니 말한다. 읍소하고 항변하고 동의를 구하고 지지와 연대의 끈을 찾는다. 사람이라 말하고, 사람에게 말하고, 사람들 속에서 말한다. 품평과 비난도 사람이 하지만, 위로와 연대도 사람이 하는 일이다. 사람과 사람이 만나기까진 언어가 필요하다.

농담을 건네받는 일

그래서인가. 나는 슬픈 자리에서 소곤거리는 사람들의 모습을 좇을 때가 많다. 슬픈 사람들이 머리를 맞대고 이야기를 나누는 장면에 마음을 빼앗긴다. 그 장면 중 하나를 말해본다. 산재 사망에 관한 영상을 상영 중이었다. 당연히도 고故 김용균씨 관련 장면이 나왔다. 잔혹한 일이다. 하지만 이번에도 (김용균씨의 어머니이자 김용균재단의 이사장인) 김미숙씨는 영상에서 눈을 떼지 않았다. 고개를 돌리지 않고 영상을 끝까지 보는 그의 모습을 여러 번 보았다. 그때마다 직면한 사람만이 싸울 수 있다는 것이 무슨 의미인지 깨닫는다.

영상이 끝나가자 한 활동가가 김미숙씨의 어깨를 살짝 끌어안았다. 눈을 피하지 않으면서도 영상을 보는 내내 김미숙씨는 울었고, 잠시 후 활동가는 그에게 농담 같은 말을 건넸다. 상대가 너무 깊은 슬픔에 잠기지 않도록. 열에 아홉은 저렇게 말을 걸어주는 사람이 있다. 그들은 다정한 말을 하고 농을 건넨다. 웃으라고. 잠시라도 웃으라고. 그럴 때면 나는 커트 보니것의 말이 진실이라는 걸 깨닫는다. "맹세컨대 웃음은 안도를 갈구하는 영혼의 산물이다."[18] 적어도 내게는 진실이다. 저들의 웃는 모습은 나를 안도하게 한다.

놀랍게도 사람들은 내내 농담을 하고 그 힘으로 살아갔다. 죽을병에 걸린 사람마저도 다른 사람들에게 웃음을 건네려 한다. 거듭해 보는 모습이다. 자신 때문에 분위기가 무거워질까봐. 어떤 순간에도 타인을 염두에 두는 사람들이 있다.

일찍 저세상으로 가버린 딸 이야기를 하고 난 뒤, 속이건 가슴이건 뒤집혀 방 안에 웅크리고 누워야 할 텐데도 기어코 차를 몰고 나를 역까지 데려다주는 사람들, 해고되어 몇 년째 길거리 신세이면서도 농성장을 찾은 사람에게 커피를 건네며 물이 미적지근하진 않은지를 걱정하는 사람들, 본인이 단식 농성을 하면서도 연대하러 온 사람들이 밥은 챙겨 먹는지를 염려하는 사람들. 아프고 힘들고 억울하고 고통스러운 사람들을 만난다는 것은 눈물을 보고 오는 일이 아니라, 농담을 건네받는 일이다.

"피해자들이 아픔만 있는 게 아니니까. 함께하면 정말 감동적인 순간이 많거든요. 어려운 상황이라서인지 몰라도 감동이 많아. 서로 실존으로 만나는 것 같은 때가 있어요."[19]

반올림 활동가(이종란)가 내게 해준 말이다. 곁눈질을 하며 살아온 나는 인간이 인간을 실존으로 만나는 일을 모른다. 다만 저 말을 듣는다. 내가 고개를 돌리지 않는 유일한 순간이다. 당사자와 그 곁에 머무는 사람이 함께 짊어지고 가야 할 짐을 제대로 바라보지 못하고 늘 비껴가면서도, 인생의 무게를 견뎌내며 사람들이 한 발 딛는 걸음을 넋 놓고 바라본다. 나를 자리 지키게 하는 것은 무거움이 아니라 부러움이다.

누군가의 묵직한 걸음을 보고 있자면, 이상하게도 세상은 나에게 조금 살 만한 것이 된다. 타인의 고통은 상상할 수 없다고 여기는 내 조악한 상상력이 벗겨진다. 타인을 내 상상 속 어디쯤에 가두지 않을 때에야 그에게 다가갈 수 있다. 그제야 기록글의 첫 장이 시작된다.

하지만 아파하는 모든 사람이 어딘가를 향해 움직이고 있다고 말하진 않으련다. 고통이 고통으로만 남지 않게 꿈꾸는 세상은 분명 있지만, 상상할 수조차 없는 삶도 분명 있다. 움직이지 않는다면 그것도 그들의 선택이다. 다만 애쓰는 이들이 고맙고, 고통 속에서도 타인을 볼 줄 아는 이들을 존중할 뿐이다. 내가 상상할 수 없는 삶을, 알지 못하는 삶을 경외하고 존중하고 내 방식대로 아파할 뿐이다.

"결혼하니 어떠셨어요?"

"원래 결혼 1년차 아내가 다르고. 2년 사니 또 다르고. 3년 사니 또 다른 사람이고…… 그렇게 살았죠."

그들 부부는 여전히 투닥거린다. 남편은 낯설어진 아내 얼굴을 보며 한숨짓지만 그래도 이들은 몇 년을 같이 산 부부다. 여전히 아이 문제로 다투기도 하고, 남편의 첫사랑 이야기가 화제에 오르기도 한다. 병은 부부의 투덕거림도, 안쓰러움도, 사사로운 정도 늘려주었다. 때로 희수 씨는 울지 않는 아내가 답답하기도 하고, 덜컥 겁이 나기도 해 묻는다.

"눈물 안 나? 울긴 울어?"

"…… 울어. 혼자 있을 때."[20]

4

노동 대신 죽음을 보다

일하다 죽는 사람들, 그 후 이야기

건설 현장은 원래 사람 죽는 곳이다. 이판사판 공사판이라고 했다. 불교에서 유래한 거창한 의미가 아니라, 이쪽을 밟으면 살고 저쪽을 밟으면 죽는, 사람 목숨을 파리 목숨으로 만드는 공사판이라고 해서 그렇게 부른다. 잠시 건설(플랜트) 노동조합에서 일할 때 주워들은 말이다. 한국 사회에서는 하루에 서너 명이 일하다가 죽는다고 하는데, 이 중 절반이 건설 현장에서 사망한다.[21]

일하다 죽고 다치는 사람들에 대한 글을 썼다. 《노동자, 쓰러지다》라는 거창한 이름도 붙였다. 이 책에 건설 현장에서의 죽음도 담겼다. 산재 경험자들이 불러주는 현장 용어들이 생소했지만 열심히 받아 적었다. 받아 적으며 나는 수박 겉핥기를 한다는 생각을 지울 수 없었다. 노동이라는 것을 가까이에서 보고 싶다는 생각을 했다. 그래서 노동조합으로 갔다. 노동을 보고 싶어 갔으나 정작 보게 된 것은 죽음이었다.

안전 불감증 운운하는 원청

2016년 6월 28일. 날짜도 기억한다. 노동조합 사무실에 전화가 울렸다. 9시 반 정도 되었나. 전화를 받은 사람이 되물었다. "고려아연이요? 황산?" 두 마디뿐이었는데 일순 사무실에 침묵이 돌았다. 다들 무슨 일인지 알아버렸다. 전화를 받은 사람에게 시선이 몰렸다. 사고였다. 몇몇 활동가가 황산이 누출됐다는 고려아연 공장으로 달려가고, 나는 자리에 앉아 포털 사이트를 거듭 새로고침했다.

황산 누출 소식이 실시간 기사로 올라오고 있었다. 처음에는 '폭발'만을 알리던 단신 기사에 조금씩 살이 붙더니, 부상자가 넷이라고 했다가 일곱이라고도 했다. 얼마 뒤 현장에서 전화가 왔다. 부상자 이름을 확보한 것이다. 수화기 저편에서 이름을 하나하나 불렀다. 모두 여섯 명. 다들 응급처치를 받기 위해 큰 병원으로 후송되었고, 이 중 두 명은 전신화상을 입었다고 했다.

열어둔 인터넷 검색창에는 고려아연 주식 하락을 염려하는 기사가 틈틈 올라왔다. 잠시 후 사건의 내막이 조금 더 밝혀졌는데, 노동자들이 화학물질이 이동하는 관(배관)을 보수하려 맨홀을 열었는데 제거되지 않은 황산이 쏟아졌다고 했다. 쏟아진 양은 1톤 이상으로 추정됐다. 그리고 드디어 이 단어가 등장했다. 안전 불감증.

〈하청 작업자들이 엉뚱한 배관을 열어, 안전 불감증 언제까지〉.[22]

그 시각 화상 환자를 치료할 수 있는 전문 병원이 도시(1년에 한두 번은 크고 작은 폭발 사고를 겪는 공업도시였다)에 없어 위중한 중환자 두 명을 부산으로 후송한다는 소식이 왔다. 두 사람 모두 전신 3도 화상이라 했다.

나중에 알았지만, 내가 본 기사는 원청 기업인 고려아연이 기자들을 모아 브리핑한 내용이었다. 사고가 발생한 지 한 시간도 채 지나지 않은 시각이었다. 회사가 브리핑한 대로 기사가 쏟아졌다. 안전 불감증을 운운한 첫 기사를 시작으로 언론사들의 보도 톤이 바뀌기 시작했다. 고려아연은 하청업체와 소속 작업자들이 자신들에게 보고도 하지 않고 배관을 열었다고 말했다. 지역 언론사의 경우 많은 곳에서 의심도 품지 않고 고려아연의 말을 고스란히 옮겨 적었다. "고려아연 측 주장으로는" 같은 문구를 넣는 신중함조차 없는 기사도 있었다.

공업도시에 자리한 보수적 경향의 언론사에는 운영비가 나올 구석이 관官과 지역 내 기업뿐이다. 이를 떠올리지 않더라도 사람은 자신이 자주 보고 접한 것을 신뢰하게 되어 있다. 기자들이 자주 보는 사람은 현장에서 일하는 노동자들이 아니다. 양복 차림에 정중하게 자신들에게 보도자료를 건네는 서글서글한 기업 직원이 더 눈에 익을 게다. 석유화학공단 담장 안 플랜트 건설 노동자들은 기자에게는 물론 이 사회에 익숙한 존재들이 아니었다.

일용직 날품팔이 취급

가입자만 2만 명 가까이 되는 노동조합이라 별 사람들이 다 있었다. 조합원들은 늘 돌아가며 새롭고 짜릿한(?) 제안을 가져왔다. 하루는 누군가 이런 제안을 했다. 우리가 얼마나 위험하고도 중요한 일을 하는지 알리는 유인물을 만들어 버스터미널 같은 곳에서 뿌리자고 했다. "네네." 당시에는 이리 대답하고 넘겼지만 이따금 그 말이 떠올랐다. 내가 일 하나 잘못하면 여기 공단을 불구덩이로 만들 수도 있다고. 그러니 얼마나 숙련되고 세심한 기술을 요하는 작업인지 알리고 싶은 마음이었을까. 억울한 마음이 들었는지도 모른다. 기술자인 자신이 일용직 날품팔이 취급을 당하는 것이.

"일용직이라 경험이 적은 거지요?"

황산 누출 사고 후 원인 규명을 한다며 어떤 기자가 물어왔다. '경험이 적어서 배관을 잘못 여는 실수를 한 거지요?' 이 말을 덧붙이진 않았지만, 그가 무엇을 물어오는지 알 만했다. 언론은 '중층 하도급'이라는 말을 즐겨 썼다. 불법하도급, 재하청화, 위장도급. 자신들이 쉽게 쓴 용어가 현실에서는 어떤 모습으로 드러나는지 떠올려본 적이 있을까. 10년을 일해도, 20년을 일해도 일용직. 이것이 중층 하도급이라는 용어가 한 사람의 고용을 통해 드러난 모습이다.

플랜트 건설 노동자란 정유·화학공장, 발전소 등의 설비를 건축하고 보수하는 일을 하는 이들을 가리킨다.[23] 누출되면 사람이 죽고 폭발하면 공정이 날아간다. 배관이 어긋나고 기계가 잘못 설계되면 생산량에 차질이 생긴다. 그 손해가 막심하다. 하루 매출액이 몇 억 원 단위인 거대 플랜트 산업이다. 그러니 현장에서 수년을 보조공(조공)으로 살아야 기능공(기공)이 된다. 기술자가 가지는 '부심'으로 이들의 술자리는 늘 시끌벅적하다. '니가 아냐?' '내가 안다.' 서로 현장을 더 잘 아는 이가 자신들이라 한다. 그러나 무엇을 안다 한들, 그들이 아는 것은 딱 거기까지다. 기술 외에는 현장 상황에 대해 어떤 것도 알 수 없다. 그들은 건설사의 하청의 하청과 계약을 맺은 일용직 노동자일 뿐이다.

화학 설비를 가질 만큼 거대한 자본을 소유한 기업이 발주처(원청)다. 그 아래로 수주를 따 살아가는 건설업체들이 존재한다. 일반 건설업까지 포함한다면 국내에 크고 작은 건설사만 6만여 개다. 그 수로 짐작 가능하듯 경쟁은 치열하다. 그 과열과 무질서함을 기업은 조장한다. 최저가 낙찰이라는 제도가 있다. 싼값을 불러 입찰에 성공한 업체는 그 공사를 쪼개 다시 다른 업체에 도급을 준다. 하청의 재하청화. 몇 단계를 거쳐 공사 업체가 확정되면 작업자들이 고용된다. 이때 누구도 정규직으로 채용되지 않는다. 쪼개지고 쪼개져 짧게는 몇 주, 길어봤자 1년짜리 공사다. 하루짜리 일용직을 뽑아간다. 10년, 20년 일한 A급 기공이라도, 일용직 노가다가 된다. 이것이 기자가 물은 '일용직이라 그런 거지요?'의 실체다.

이 날품팔이 노동이 만들어내는 출근길 풍경이 있다. 건설 노동조합의 주요 업무는 어느 현장 어느 업체에 조합원이 있는지를 파악하는 것이다. 몇 개월짜리 일자리를 오가니 누가 어디에서 어떤 일을 하는지 파악이 되지 않는다. 그래서 새로 공사 현장이 열리면, 출근 시간에 맞춰 그 앞으로 가 조합원들을 붙잡고 신상 명단을 작성하게 한다. 어느 업체에서 일하는 어느 직종 아무개. 이 정보를 모은다.

명단을 작성하고 가시라 하면 조합원들은 되묻기 마련이다.

"업체 이름? 몰라. 오늘 첫날이야."

그러면서 돌아서 등을 쓱 보여준다.

"거기 뭐라 적혀 있어?"

그가 입은 작업복 조끼에 업체명이 적혀 있다.

"'대한'이요."

"그럼 '대한'."

자기가 소속된 업체를 모른다. 몰라도 되기 때문이다. 일을 시키는 원청(대기업)이 진짜 사장이다. 작업 지시는 모두 거기서 온다. 업체는 그저 인력업체일 뿐이다. 일하는 데 필요 없는 것은 굳이 알려고 하지 않는다. 그것이 일하는 사람의 지혜다.

이 불안정한 고용을 기능 하나로 이겨온 사람들이다. 현장에서 잔뼈가 굵은 이들. 담장 너머로는 자신의 존재를 드러내지 못하지만, 담장 안 사정은 누구보다 잘 안다. 그래서 쏟아지는 언론 기사에 코웃음을 쳤다. 작업자들 실수라니.

현장을 조금이라도 아는 사람은 이야기했다. 원청의 지시 없이는 볼트 하나도 조일 수 없다고. 특히 설비 보수작업은 더하다. 신설 건축과 다르게 사용 중인 설비를 보수하는 일이다. 화학물질이 가득 담긴 설비시설을 다루는 일이기에 폭발·누출 위험이 그만큼 크다. 잘못 건들면 사람 몇 명 죽는 것은 일도 아닌 데다 그 비싼 공정 설비를 날릴 수 있다. 그러니 원청의 지시 없이는 어떤 배관도 손댈 수 없다.

하지만 원청 고려아연은 하청 작업자들이 회사의 지시와 달리 엉뚱한 배관을 열었다고 발표했다.

병실 사진

이날 노동조합보다 앞서 언론 보도에 항의한 사람들이 있었다. 같이 일하던 작업자들이었다. 함께 작업했고, 황산이 쏟아져 나왔고, 동료의 발이 녹아 비틀렸다. 쓰러져 그 황산액을 덮어쓴 채 버둥대는 것을 본 사람들이다. 이들 또한 연기와 유독가스를 들이마셔 병원으로 후송된 참이었다. 병실에서 지역 방송을 도배한 뉴스를 보았을 때, 무언가 잘못되었다고 느꼈다. 몸이 황산에 녹은 동료의 잘못이고, 자신의 잘못이라니. 언론사에 전화를 해 정정 요청을 했다. 당연히 그 요청은 무시당했다.

노동조합도 고려아연의 발표에 반박 보도를 내놓았다. 그러자 노동조합의 존재를 인식한 기자들이 문의를 해왔다. 노조 사무실로 전화를 걸어 병원으로 후송된 두 사람의 상태가 어떠냐고 물었다. 3도 화상을 입은 두 명은 생존 가능성이 10퍼센트 이하라는 진단을 받았다. 의식이 없었고, 그것이 그들에게 주어진 마지막 행운이라 했다. 깨어난다면 통증을 이겨내지 못할 것이라 했다.

기자들은 병실 사진을 구해달라고 했다. 황산에 녹아내려 온몸을 하얗게 붕대로 감고 있는 이가 누워 있는 중환자실 사진을 원했다. 그 지역에 언론사도 몇 개 없는데, 병실 사진을 찾는 전화가 잦았다. 사진을 구해달라는 요구에는 어떤 민망함도, 머뭇거림도 없었다. 한번은 전화를 받은 노조 활동가 한 명이 소리를 질렀다.

"너희가 병원에라도 한번 찾아와야 하는 거 아니냐!"

기자도 찾지 않는 병실에서 하얀 붕대에 쌓여 사람이 죽어가고 있었다. 아침에 집을 나설 때만 해도 자신이 그곳에 있으리라 생각하지 못했을 게다.

방관하고, 숨기고, 모른 체하고

그날 이후 노조 사람들은 병원에 가고, 경찰서에 가고, 현장에 갔다. 사고 원인을 알진 못했다. 알 수가 없었다. 플랜트 현장 담벼락은 높았고, 조합원이 죽어도 노조 관계자는 사고 현장에 들어갈 수 없었다. 그 현장은 고려아연의 것이었으니, 협력업체 소속 직원들은 고려아연과 무관한 사람들이었다. 이 '편한' 하청과 파견.

고려아연에서 일한 적 있다는 노동자들은 만나기만 하면 그 사고가 무엇 때문에 생긴 건지를 놓고 갑론을박을 했다. 앞다툰 추측 속에 알 수 있었던 유일한 사실은 고려아연의 작업환경이 "더럽다"는 것뿐이었다. 냄새가 지독하고 공기는 뿌옜다. 작업자들이 기피하는 현장이었다. 고려아연에서는 1년에 한 번 이상은 꼭 사고가 났다.[24] 황산 누출 사건이 있기 2년 전에는 굿까지 했다고 들었다. 수천만 원을 들여 굿을 할 돈이 있으면 작업자들에게 마스크나 여러 벌 지급할 것이지. 그곳을 나오는 사람들의 마스크는 거무죽죽했다.

무속인이 산재를 막을 수 없듯, 지금 이 상황으로는 원인을 규명할 길이 보이지 않았다. 정보는 원청 기업이 쥐고 있었다. 정보를 숨기는 것도 제출하는 것도 그들 권한이었다. 사고가 나면 원청이 제일 먼저 손에 넣으려는 것은 안전작업허가서[25]였다. 원청의 작업 지시 내용이 고스란히 담긴 문서인데, 이 지시 내용이 내려오지 않으면 하청업체는 작업을 시작할 수 없다. 다시 말해, 작업허가서는 사건의 원인을 밝힐 수 있는 거의 유일한 자료다. 하지만 경찰이 이를 입수했다는 말은 없었다. 그날의 작업허가서는 황산에 같이 녹아버렸을까. 아니면 누군가 가져갔을까.

이 와중에 사고를 수사한다는 경찰은 산업재해에 대한 인식이 없었다. 익숙한 방식대로 사건의 책임을 사람의 고의성으로 판단하려 들었다. 생산 현장이 어떻게 돌아가는지 모르고, 산업안전보건법(이하 산안법)의 기본 개념도 배운 바 없는 듯했다. 재해에 대한 원청의 책임 같은 것은 모르쇠로 일관했다. 산안법을 아는 집단이 있긴 했다. 고용노동부. 그런데 이제 와서 사건을 떠올리는데도, 고용노동부가 무엇을 했는지 기억조차 나지 않는다. 큰 역할을 하지 않은 것이 분명하다. 행정기관은 뒷짐은커녕 발 빼기 급급하고, 기업이 사건 정보를 숨기는 일은 쉽기만 하고, 경찰은 관성대로 움직이는 이 삼박자가 맞물려, 산재 사고는 무슨 미스터리물이 되어가고 있었다.

쉽지 않은 선택을 한 동료들

사건이 미제로 남으면, 현장은 평온해진다. 고용노동부의 '형식적인' 현장조사가 끝나면 공장은 태연히 돌아가고 목숨값 흥정만 남게 된다. 그마저 노동조합이라도 있어야 '흥정'이라도 가능했다. 아니면 주는 대로 받는 거였다. 사람이 죽어도 세상은 멈추지 않는다. 달이 흐르고 해가 간다. 남은 가족은 살아야 한다. 자식들 입에 하루 세끼 밥을 넣어야 한다. 절박한 이유로 죽음은 돈으로 맞바꿔진다.

결국 비용 논리로만 보면, 사고 예방을 하는 데 드는 돈보다 사고 후 처리 비용(보상)이 더 싸게 먹힌다. 그런데 이번에는 브레이크가 걸렸다. 사고 당사자 동료들이 기자들 앞에 나선 것이다. 이들은 언론사 보도가 정정되기를 기다리다가 노동조합 문을 열고 들어왔다. 기자회견이 열렸다.

증인이 된 이들은 말했다.

"그날 아침 원청과 하청업체로부터 사고 배관을 열라는 작업 지시를 받았습니다."

"배관 안 잔여물을 모두 밖으로 배출하는 작업을 완료했으니, 보수작업을 해도 좋다는 고려아연의 작업허가서가 있었습니다."

"사고 배관에는 작업을 허락한다는 파란색 V자 표시가 있었습니다. 엉뚱한 배관이 아니었습니다."

동료들의 증언은 쉬운 선택이 아니었다. 건설 노동자들은 대부분 인맥으로 일을 구한다. 이번 일의 평판이 다음 일을 구하는 데 영향을 미친다. 누가 저렇게 입바른 작업자를 사용하려 할까. 언론사에 증언자들을 모자이크 처리해달라는 요청을 하며 그런 염려를 했다. 기자회견 후 이들은 참고인 자격으로 경찰 조사를 받았다.

동료들의 진술이 기사로 퍼져나갔다. 〈고려아연, 작업자 책임 소지 공방〉. 이제 경찰도 고려아연도 구렁이 담 넘듯 노동자들에게 책임을 떠넘기진 못할 것이다. 안도했다. 그리고 씁쓸했다. '을'인 노동자가 앞으로 닥칠 불이익을 감수하고 용기를 내어 '갑'에게 잘못이 있음을 밝히는 일을 단순히 공방이라고 부를 수 있을까.

계속된 기자회견과 브리핑으로 준비할 자료가 많았다. 자료 출력을 위해 인쇄소에 갔을 때, 그곳 직원들은 관심을 보이며 이것저것 물어왔다. 나름대로 각자의 판단과 예측이 이어진 후 이리 결론지었다. "원래 이런 일은 서로 남 핑계대기 마련이야." 나는 우리 쪽 주장이 진실이라고 말하고 싶지 않았다. 억울하게 죽는 일조차 쉽지 않은 세상이다.

작업자들의 증언으로 물꼬가 트이자, 노동조합은 당일에 이뤄진 원청(고려아연)의 지시 내용이 담긴 문서를 입수할 수 있었다. 자신들에게 책임을 뒤집어씌운 고려아연으로 인해 독박 쓰고 파산할 위기에 처한 하청업체가 슬쩍 넘겨준 자료라는 소문이 돌았다. 소문은 소문일 뿐이었다. 진실이 무엇이건, 드디어 고려아연의 지시 내용이 공개됐다. 황산과 함께 녹은 것이 아니었다. 노동자들의 증언대로, 사고 배관에 작업 허가를 의미하는 파란색 V자 표시가 되어 있었다.

문제의 배관은 국립과학수사연구원(국과수)으로 가게 된다. 국과수는 사고 배관 뚜껑에서 V자 흔적을 발견했다. 상황이 역전됐다. 그로부터 두 달 후, 경찰은 수사 결과를 발표했다. 고려아연은 배관 내 황산을 제대로 제거하지 않은 채 작업 지시를 했음을 인정했다. 온몸이 녹아내린 채로 한 달 넘게 버틴 두 명의 노동자가 세상을 떠난 후의 일이었다.

노동을 한다는 것은

하청 작업자들의 안전 불감증이 사고 원인이 아니었다. 공사 기간(작업 공정)을 무리하게 단축하고, 속도를 재촉하며,

관리감독을 제대로 하지 않은 고려아연이 가해자였다. 짧게, 빠르게, 허술하게. 이 모든 행위의 이유는 비용 절감이었다.

궁지에 몰린 고려아연은 자사 정직원이 산재로 사망했을 때보다 더 많은 보상금액을 제시했다. 노동조합의 활동을 보장하고, 노동조합 주최의 안전교육을 연 1회 이상 시행한다고 약속했다. 안전-환경 분야에 3000억 원을 투자하겠다고 밝혔다.

뒤늦게 취재를 온 기자는 왜 그리 빨리 합의를 하냐고 노조를 다그쳤다. 기자에게는 만족스러운 답이 아니겠지만, 유족들이 받을 보상금을 올리고 고인과 동료들을 가해자로 만들지 않았다는 사실만으로 나는 안도했다. 일터에서 죽지 않기 위한 방안이 담긴 글 원고 1300매를 쓰고 이 도시로 온 참이었지만, 현실 앞에서 한껏 비겁해졌다. 바라는 것이 없어져버렸다.

고려아연 공사 현장이 나아질 것이라 믿진 않았다. 안전교육을 하겠지. 전보다 조금은 자유롭게 노조 간부가 현장에 출입할 수 있겠지. 보호구 지급을 하겠지. 그렇지만 달라질 것은 없다. 플랜트 건설 현장에 작업자들이 일용직으로 있는 한 근본이 바뀔 수 없는 문제였다. 원청이 직접고용하고 관리할 책임을 법으로 강제하지 않는 이상 개별 사업장에서 안전교육을 강화하는 것은 소소한 일이었다.

이듬해 고려아연 사고의 책임을 묻는 재판이 있었다. 고려아연 온산제련소 공장장부터 하청업체 안전관리 직원까지 총 아홉 명이 기소되었으나, 이 중 징역을 산 사람은 없었다. 벌금과 집행유예가 전부였다. 개인에게 내려진 최대 벌금이 1500만 원. 고려아연 기업에겐 산업안전보건법 위반으로 벌금 5000만 원이 부과됐다. 여기까지가 사람 목숨값이다. 아니다. 사람이라고 다 같은 사람인가. 가진 것 없이 노동으로 자신을 지탱해온 이의 값이다.

사고가 있던 그해, 일렬로 거리를 행진하는 조합원들을 촬영하면서 종종 상념에 빠지곤 했다. 내년에는 이 영상에 담긴 사람 중 누가 사라지려나. 누가 어떤 모습으로 일터에서 마지막을 맞게 되려나. 고작 2년 후, 고려아연은 일하다 숨지는 하청노동자 비중이 가장 높은 사업장으로 뽑혔다. 그 해에도 두 명의 하청노동자가 추락사했다.

여전히 건설 현장은 이판사판 공사판이다. 중대재해법안은 몇 해째 계류하다가, 2021년이 되어서야 국회 본회의를 통과해 입법됐다. 그마저 '기업 다 죽이는 법'이라는 국회의원들의 비난에 의해 덕지덕지 기워지고 잘려나간 모습이었다.

"노동자가 뭐냐고요?"

용접일을 20년 넘게 해온 이가 내 질문에 되묻더니 말했다.

"내가 일하던 곳이 조선소였습니다. 조선소 알죠? 배는 커도 칸칸이 사람 하나 제대로 못 들어가게 생긴 곳이 많아요. 거기서 용접을 하고 내려와서 다음 날 사다리를 타고 올라가는데, 머리부터 올라가는 순간 숨이 컥 막히는 거예요. 내려와서 여기 이상하다 했더니, 전날 작업하고 가스를 안 뺀 거라면서 가스 빼는데, 그동안 나는 작업을 안 하고 노는 거예요. 머리 하나만 더 밀어 넣었어도 나도 어떻게 되었을지 모르는 거예요. 그런데도 가스 빼는 그 시간 동안 쉬는 게 너무 좋은 거예요. 그러다가 사람 죽었다니까 등골이 싸하고. 가스가 다 빠지고 나니까 사람 하나가 죽어 있더라고요. 그게 노동자입니다."

그가 이런 말을 한 것은 내가 '노동의 자부심'을 물어서였던 것 같다.

"숙련공의 자부심요?[26] 작가님 말이 참 예쁘긴 하지만, 막상 일을 하면 그런 건 없습니다."

노동이란 그런 것인가.[27]

1 그때 내가 본 청소 노동자들의 모습은 이러했다.

"왜 이렇게 여러 차례 빵빵이를 당했냐고 묻자 '반장에게 할 말을 다해' 미운털이 박혀서란다.

'원래 바른말을 다 하시는 성격인가 봐요.'

그러자 그녀가 손사래를 친다.

'아냐. 내가 남한테 못 나서고 옛날엔 안 그랬는데 시어머니랑 같이 살다보니 밖에서는 안 참게 됐어. 집에서 시어머니한테 많이 참으니까.'

예상치 못한 대답에 내 쪽에서 웃기만 하는데, 그녀가 덧붙인다.

'그래도 요즘은 시어머니한테 다섯 번까진 참고 한번은 대들어.'

다른 휴게실을 방문한다. 점심시간에 보통은 잠깐 눈을 붙이고 허리도 펼 겸 누워 있는데, 한 조합원이 깨알 같은 글씨가 가득한 서류를 보고 있다.

'뭐 보세요?'

'우리 동네 재개발된대. 공부해야지.'

옆에서 같이 훑어보니 어려운 한자 용어가 가득하다. 그녀가 말한다.

'두 번은 더 봐야 해.'

분회장을 찾아가 가족들 반대는 없냐고 물으니 고개를 젓는다. 오히려 며느리에게 적극적인 지지를 받고 있다고 한다.

'아들이 집에 오면, 아이고, 분회장님 오셨습니까, 해. 며느리는 나보고 어머니, 여대에서 노조 하니까 이제 여성 해방 운동 하세요, 라고 하고. 원래 며느리랑 나는 잘 맞아.'" 희정, 〈환경미화 노동자들의 자긍심 찾기〉, 일다, 2010. 4. 21.

2 이 또한 만들어진 대답이라는 생각을 지울 수 없다. 이후 다른 곳에서 만난 대학 청소 노동자들은 내게 '직장인'으로서 '사회생활'을 하는 재미에 대해 알려주었다. 2010년 당시 내가 그들이 일하며 얻는 재미에 대해 듣지 못하고, 노동조합에 가입하고 생긴 재미에 대해서만 들었던 것은 기록자의 한계이다. 더불어 2000년대 후반부터 수도권 내 대학에서 청소 노동자 노동조합 설립이 이뤄지며 노동 조건이 전반적으로 개선된 상황이 이들의 일하는 재미에 영향을 미쳤을 것이라 추측한다.

"방학에 대청소를 하면, 자기 건물 사람이 떡도 하고 막 그래요. 누가 하라 해서 하는 게 아니라 돌아가면서 해요. 대청소면 사람이 우르르 사람이 많잖아요. 그럼 다 모이는 거야. 왔는데 커피 한 잔 딱 주면 그렇잖아. 점심시간이 넘었는데. 그럼 어떤 사람은, 쌀 반 말. 절편이라도 반 말 빼서 오는 사람, 찰밥 해서 오는 사람, 가지각색이야. 다 그렇게 해서 주는 거야. …… 그런 정은 있더라고. 직장생활 하는 게 꽤 재미있어요." 희정, 〈돈이라 생각하고 재밌게 했어요: 이은자 편〉, 《노동으로 일군 한평생: 70대 여성 노동자 구술 기록집》, 노년알바유니온 기획, 2021.

3 희정, 〈노조를 만든 날 "오늘이 제일 좋아, 제일 재밌어"〉, 일다, 2010. 2. 5.

4 희정, 〈우리의 삶은 지금 이대로 괜찮은가〉, 젠더어펙트 연구소 콜로키움, 2020. 7. 14.

5 이 단순한 말에 거창한 의미를 붙이면 이렇게 쓸 수 있을 것이다. "엠마누엘 레비나스는 고통의 연대를 타인과 마찬가지로 자신도 상처 입을 가능성에 노출시킴으로 비로소 이루어진다고 보았다." 김성례, 〈여성주의 구술사의 방법론적 성찰〉, 윤택림 엮음, 《여성주의 역사 쓰기: 구술사 연구방법》, 아르케, 2012, 40쪽.

6 싸우는여자들기록팀 또록, 《회사가 사라졌다: 폐업·해고에 맞선 여성 노동》, 파시클, 2020, 193쪽.

7 같은 책, 9쪽.

8 "그리 중대한 사건은 아니라던 여자들의 노동과 실직을 조심조심 곁에서 지켜보며 내가 하고 싶었던 말은 이것 하나였을지 모른다. 이것은 아주 중요한 이야기라고." 같은 책, 259쪽.

9 여의도에 위치한 엘지전자 본사 건물인 엘지트윈빌딩. 이곳에서 일하던 60여 명의 청소 노동자들이 계약해지를 당한다. 그간 업체 한번 바뀐 적이 없고, 10년 넘게 고용이 연장된 사람이 대다수였으나 2020년 12월 31일로 엘지는 15년째 계약을 연장한 청소용역 업체(지수아이앤씨)와의 계약을 해지한다. 공교롭게도 그해 엘지트윈빌딩 청소 노

동자들은 노동조합을 만들었다.

10 2021년 1월 27일 민주노총 전국금속노조 아사이글라스지회 집중문화제에서 공공운수노조 엘지트윈타워분회 김점례 조합원이 한 발언의 일부이다.

11 하은, 〈삶을 완성하는 무작정: 강이순〉, 《회사가 사라졌다》, 84쪽.

12 같은 책, 38쪽.

13 약전 작가단, 《4·19 단원고 약전: 짧은 그리고 영원한》, 굿플러스북, 2016.

14 특정 인물을 드러내지 않기 위해 가명을 사용해 이야기를 재구성했다.

15 희정, 《삼성이 버린 또 하나의 가족》, 269쪽.

16 제임스 도즈, 《악한 사람들: 중일전쟁 전범들을 인터뷰하다》, 변진경 옮김, 오월의봄, 2020, 30~31쪽.

17 같은 책, 15쪽.

18 커트 보니것, 《나라 없는 사람》, 김한영 옮김, 문학동네, 2007, 13쪽.

19 희정, 《여기, 우리, 함께》, 갈마바람, 2020 중 반올림 이종란 활동가의 인터뷰, 325쪽.

20 희정, 《삼성이 버린 또 하나의 가족》, 48쪽.

21 2017년 경우, 971명의 산재 사망자 중 건설업 종사자가 485명으로 절반을 차지했다.

22 사고 당일 발행된 이러한 논조를 띤 기사 몇 편을 가져온다.

〈울산 고려아연 공장서 황산 누출, 고려아연 "작업 순서 지키지 않았다"〉, 《한국경제》, 2016. 6. 28.

〈고려아연 황산 유출 또 人災(?)… 작업 매뉴얼 안 지켜〉, 뉴스1, 2016. 6. 28.

〈울산 고려아연 공장서 황산 누출, 플랜트 노조 "노동자 책임 전가 안 돼"〉, MBN, 2016. 6. 28.

〈고려아연 황산 유출 6명 중경상… 안전 무시한 후진국형 사고〉, 연합뉴스, 2016. 6. 28.

23 정유·화학공장, 발전소 등의 시설·설비를 건축하고 보수하는 일을 하

는 노동자들.

24 공개 대상인 제조업, (도시)철도운송업의 1000명 이상 사업장 128곳 중 고려아연 온산제련소의 2018년 통합 사고·사망 만인율(상시 노동자 1만 명당 사고·사망자 수)은 7.746‱로 가장 높았다. 〈고려아연·포스코·삼성전자 등 11곳, 원청보다 하청 사망사고 많았다〉, 《한겨레》, 2020. 2. 20.

25 산업안전감독관이 현장 설비의 안전 상태를 확인한 후 최종적으로 작업을 허가하는 내용의 문서를 말한다. 안전작업허가서는 하청업체의 작업 방법과 내용을 현장에 있는 원청 측 안전감독관이 확인한 후 발급한다. 따라서 원청의 관리감독 책임을 확인할 수 있는 문서이다.

26 숙련공의 자부심 같은 것을 묻는 일이 쓸모없다고 하지만, 내가 미처 알지 못한 '일하는 사람의 자부심'을 알려준 것도 인터뷰이들이다.
"'젊은 사람들이 안 들어오니까 오래 일한 사람들이 가진 노하우랑 기술이 끊기고 말아요.' 나는 잠시 입을 다물었다. 공장 노동에 전수할 만큼의 가치가 있는 노하우와 숙련된 기술이 있을 거라는 생각을 하지 못했다. 취재를 하며 기찻길 우는 소리만 들어도 어디가 아픈지 안다는 철도원을 만났고, 보닛에 청진기도 아닌 귀를 대고 진찰하는 정비사를 만났으며, 다양한 고객들을 만나며 얻은 인맥이 자신의 자산이라 말하는 판매원도 만났다." 희정, 《노동자 쓰러지다》, 347쪽.

27 같은 책, 344쪽.

혼자 하는 사랑의 면모

다른 이가 쓴 기록글을 읽다가 부러움에 마음이 따끔거릴 때가 있다. 기록자가 진심이라는 것을 알아챈 순간 그렇다. '그'에 대한 온전한 애정으로 쓰인 글을 보면, 내가 도달하지 못한 곳에 선 사람을 향한 부러운 시선을 뗄 수 없다. 이어 드는 감정은 후회다. 그래서 마음이 따끔거린다. 저이는 얼마나 오랫동안 자신에게 말을 들려준 사람을 마음에 품고 다녔을까. 그러지 못한 나에 대한 후회가 부러움이라는 통증으로 이어지는 게다.

이렇게 말하지만, 나는 인간에 대한 애정이 큰 사람이 아니다. 남의 말을 듣고 다니는 일이 직업인 것이 놀라울 정도로, 타인에게 관심이 없다. 그런 나조차 글을 쓸 때마다 깨닫는다. 기록을 하는 이유는 많지만, 기록 작업에 들어가는 숱한 시간을 견뎌내는 동력은 단 하나임을. 누군가의 말을 글로 만들어내야 한다는 막막함과 힘겨움을 잊은 채 어떤 열의로 계속 쓰는 까닭은, 나에게 이야기를 들려준 사람이 있기 때문이다. 농담 삼아 '말빚'이라 하지만, 실은 자신의 삶의 어떤 부분을 꺼내 내게 보여준 이에 대한 애정 때문이다.

짧게 보건 오래 알고 지내건 그들은 각기 다른 형태로 나에게 애정을 받아간다. 이상하게도 애틋해진 마음 끝에는 '그'가 내게 해준 말을 제대로 적고 싶다는 생각이 남는다. 그러니 오롯한 애정을 보인 저 기록자는 얼마나 그를 꼼꼼히 알려고 애썼을까. 누군가를 그토록 오래 품고 무한히 이해하고자 한 동력이 애정임을 알기에, 부러운 것이다.

외사랑

애정은 어디서 그렇게 치솟는지. 나도 의아할 때가 많다. 인터뷰를 추가로 하거나 취재 현장을 다시 가게 되면, 나 혼자 이런 다짐을 한다. 인터뷰이를 보면 너무 반가워하진 말아야지. 그와 나는 이제 겨우 한 번 본 사이니까.

서로 모르는 사람들이 만나 인사를 나누고 인터뷰를 하고 각자 집으로 간다. 또는 어떤 현장에서 만난다. 그는 그곳에 남고 나는 돌아간다. 집으로 와 그가 한 말을 녹음한 음성

파일을 연다. 그 말을 받아 적는다. 대화를 나눈 시간보다 두세 배쯤 더 걸리는 일이다. 두 시간 인터뷰를 했다면 그 말을 받아 적기 위해서는 적어도 네다섯 시간이 필요하다. 그 시간만큼 나는 그와 이야기 나눴던 장소에서 벗어나지 못한다.

그러니 내 쪽에서는 그와 두어 차례 만난 것 같은 기분이 든다. 다시 볼 땐 그만큼 더 반갑다. 하지만 그쪽에서 보는 나는 인터뷰를 한 번 '해준' 사람에 불과하다. 나와 인터뷰이의 온도차를 줄이기 위해 나는 짐짓 태연하게 군다. 덜 반가운 척한다. 그리고 생각한다. 이건 외사랑이구나.

찻잔을 내어주는 마음

이 애정이 어디서 기인한 것인지 물으면 할 말이 없다. 나와 마주한 이가 그리 사랑할 만한 사람이 아닌 경우도 많다. 가끔 이런 생각을 한다. 인터뷰이를 만나는 일은 어떤 책의 저자를 만나는 일과 비슷하다고. 책은 글 쓰는 사람의 생각이 가장 잘 정제되어 담기는 그릇이다. 내가 존중하는 것은 책을 쓴 저자가 아니라, 불순물 없는 글을 만들기 위해 정제하고 또 정제하는 그의 애씀이다. 그릇 속 정화된 물이 저자 그 자체라 믿으면 기대가 꺾이는 일이 기다린다. 사람에 따라 다소 탁하고 고약할 수 있다. (기록 대상인) 사람을 만나는 일도 그렇다.

그는 나에게 정제된 말을 한다. 학식이 높거나 말주변이 좋은 사람만 그런 것이 아니다. 하루 열두 번은 변하는 것이 당연한 사람 마음인데, 그 갈등과 변덕을 뚫고 정돈된 감정과 추려낸 깨달음을 가져온다. 그가 내게 말할 준비가 된 사람이기에 그렇다. 누군가를 자신의 집으로 초대하려고 마음먹은 사람. 살림살이를 들킬지라도 우선 가장 좋은 찻잔에 차를 주고 싶어 한다.

그 찻잔 또한 그의 살림살이다. 하루 열두 번은 괴롭고, 아프고, 화가 나고, 비참해지고, 때론 별것 아니라 치부하고, 내일은 잘 살 것 같다가 그마저 의심되는 그 숱한 감정을 뚫고 정제된 말을 하려 애쓰는 모습 또한 그 자신이다. 그렇기에 나는 그를 안다고 자신 있게 말할 수 있다. 동시에 그를 모른다는 사실도 인정한다. 어쩌다 한두 번 초대받은 사람일 뿐이다. 나는 짝사랑 중이고, 혼자 하는 사랑답게 상대에게 환상을 품고 있다. 잘 모르는 사람을 좋아하는 것이다.

사랑의 면모

노동자로서 삶을 찾기 위해 파업에 동참하고 몇 년을 싸워 해고될 위기에 처한 이가 사연을 읊던 중에 자신은 속상해서 술을 마시고 집에 가서 아내와 아이를 때린다는 말을 한다. 고약한 정도가 아니다. 땅에서 먹거리를 구하며 이웃과 애틋하게 살아가는 삶에 대해 말한 이가 어느 날 마을 밖에서 온 여성에 대한 비방과 가해를 멈추지 않는다. 슬픈 일이다. 그럴 때마다 나는 혼자 하는 사랑의 면모를 확인한다.

이런 일은 나를 어찌할 바 모르게 한다. 실망하면 다행이지. 때론 회의감에 빠진다. 어쩔 수 없는 일이라고 흘려보내려다가도 인간은 구조 속에 존재하며 삶은 맥락 속에서 바라봐야 한다는 원론적 이야기를 나 자신에게 한다. 아무리 다잡아도 마음이 식는 것은 어쩔 수 없다. 식는 마음은 식는 대로 놔둔다. 쓰기 위해 사랑하는 것도 아니지만, 사랑하려고 쓰는 것도 아니다.

그럼에도 사랑을 겪어내는 사람이 원하는 것은 상대를 아는 일이다. 두세 시간 이야기만 듣고 오는 것이 그의 정수를 알게 되는 가장 깔끔한 방법이란 생각이 들 때도 있다. 그도 나도 서로 낯설어 말과 생각을 정제하는 것이 가능한 그 처음 말이다. 고운 찻잔을 앞에 두고 아직 초라한 살림살이를 들키기 전.

하지만 한 번 더 그를 찾아간다. 찻잔에 난 흠집을 본 것 같아서. 그의 살림살이를 보고 싶어서 가는 것이 아니다. 그가 지닌 것을 통해 그를 알고 싶어 간다. 보게 되는 것이 무엇이든, 처음 인터뷰 자리에서 보지 못한 그의 모습을 발견

했을 때 비로소 나는 안심을 한다. 아니 기쁜 것이다.

분명 인터뷰 때는 수년째 지속된 싸움의 의미와 자부심을 이야기한 사람이었는데, 나와 단둘이 농성장에 남자 자식 같아서 하는 말인데 노동조합에서 활동하는 남자는 만나지 말라고 할 때, 그의 말에 예의상 고개를 끄덕이면서도 기쁘다.

소수가 옹기종기 모인 초라한 농성장에서 다른 조합원에 대한 불만을 이야기하던 이가 결국은 "너무 외로운 것 같아"라고 말할 때 마음이 무너지면서도 기쁘다. 원고를 다 써갔더니, 최종 원고를 앞에 두고 그제야 자기 살아온 인생 이야기를 하는 이를 보며, 녹음 버튼을 눌러야 하나 고민을 할 때도 기쁘다. 저 사람을 알게 되었으니 그것만으로.

기대를 품고 헤집다

애정하는 이유는 하나다. 나에게 이야기를 들려주어서다. 그 이유 말고 없다. 아쉬우면서도 민망하지만, 그래도 그것뿐이다. 들려준 그의 말 자체가 좋을 때가 있다. 그 삶을 살아내지 않으면 결코 나올 수 없는 말을 듣는다. 삶에서 건져 올린 언어가 얼마나 귀한지 알게 된다. 탐하고 싶은 문장도 있다. 무릎을 치다가, 가슴을 치다가 그 문장을 글에 담는다.

그러나 말의 진귀함 때문에 애정하는 것은 아니다. 빛나는 말만 듣는 것이 아니다. 어떤 이는 신세타령을 한다. 인터넷 가십과 다를 바 없는 소리를 듣는 일도 잦다. 꼬이고 삐뚤어지고 편견에 쌓인 말도 있다. 어느 순간에는 인터뷰가 총체적 난국으로 느껴질 때도 있다. 그도 나도, 대체 이 인터뷰를 하는 사람 중 정갈한 사람이 없다.

그 정갈하지 못한 삶을 좋아한다. 고운 찻잔만 내며 세간살이를 숨길 수 없는 사람들. 경계하는 척해도 딱 세 번만 찾아가면 웃는 모양새부터 바뀌는 사람들. 그들이 내게 들려준 이야기들을 갈퀴로 모아 가져온다. 그 안에 무언가가 숨겨져 있을 거란 기대를 품고 헤집다보면 애정이 생겨버린다. 왜 생기는지도 모를 감정을 품게 된다.

이 모든 것이 결국 애정임을

상대를 알고자 묻는다. "글에 어떤 내용이 담기길 바라세요?" 당신이 내게 인생 한 토막을 잘라 이야기해주는 이유를 알고자 한다. 질문을 이해하지 못해 잠시 말을 멈추는 사람도 있고, 했던 말을 반복하는 사람도 있다. 누군가는 나를 바라보며 "다른 사람들도 우리처럼 싸울 수 있다는 것을 알게 글을 써달라"고 했다.[*] 집으로 돌아오는 길, 그렇게 써야지 했다.

책상 앞에 앉는다. 그때부터 조바심이 난다. 그렇게 써 달라고 했는데 그렇게 쓰지 못하면 어쩌나. 나를 의심한다. 들은 대로 쓰지 않을까봐. 또한 염려한다. 들은 대로만 쓸까봐. 구멍 뚫린 망에 자갈을 담는 사람이 된 것처럼 막막하다. 어렵게 읽어야 읽히는 말이 있다. 말과 말 사이에 그가 숨겨둔 문장도 있다.

그를 알지 못하는 만큼 나는 그의 말을 알지 못한다. 제대로 말을 전하지 못할 것만 같아 불안하다. 하여 그의 주변을 살핀다. 그와 비슷한 처지의 동료들을 본다. 그가 겪은 사건을 설명하는 딱딱한 자료를 찾는다. 그의 걸음을 좇는다. 내게 해준 말을 품고 다닌다. 되풀이되는 미진함을 눈앞에 두고, 이 모든 것이 듣는 자를 향한 애정임을 안다.

그렇게 당신의 노동을 좇아 쓰는 나의 두 번째 글쓰기가 시작된다.

---

* 싸우는여자들기록팀 또록, 《회사가 사라졌다》, 파시클, 2020, 37쪽.

20대 시절에는 마음이 추울 때면 책을 읽으러 갔다. 만만한 곳이 대형 서점이었다. 사람들이 고향집을 찾아간다는 어떤 날에 나는 서점에 있었다. 이른 오전이라 서점은 한산했다. 그래서일까. 저 멀리서 한 직원이 책을 나르다 말고 고객들을 위해 놓아둔 소파에 앉아 검정 구두에서 발을 빼내 주무르는 게 보였다.

그 모습을 보고 있으니 이런 생각이 들었다. 책은 정말 여러 노동이 합해져 만들어지는구나.

작가 이름은 기억해도, 저곳에서 아픈 발을 주무르는 서점 직원의 존재는 떠올릴 수도 없게 만드는 책이 참 매력 없으면서도, 여럿의 노동이 겹쳐져 만들어지는 것이 책이라면 나 또한 만들어볼 수 있겠다는 생각이 스치듯 들었다.

그로부터 몇 년이 지나, 내 이름을 단 책이 나왔다. 수년이 지나고 '내가 쓴 책'은 점차 늘어났지만, 무엇을 쓰든 세상의 여느 책과 다를 바 없었다. 편집자와 디자이너 이름 석자가 작게 들어가고, 인터뷰이들의 이름은 익명이 되어 흩어졌다. 인쇄하는 사람, 책을 옮기는 사람의 이름은 어디에도 찾을 수 없었다. 책을 낼 때마다 부채감이 남았다.

이름을 아는 그리고 이름조차 모르는 다수의 노동이 책에 담겼다는 당연한 사실을 잊지 말아야지, 생각하고 산다. 그러면서도 그 생각을 늘 놓치고 산다. 고맙다는 말보다는, 이 책에 더해진 누군가의 큰 노동이 작게 새겨지는 일부터 바꾸고 싶다는 마음으로 글을 마무리한다.

‹발표 지면›

1부

〈기록하는 여자들 ‘우리의 노동을 말하다’〉, 일다, 2020. 6. 20.

〈서로 얽혀 빚어진〉, 《작가들》 70, 2019년 가을.

2부

〈살아가고 싸우고 견뎌내는 일, 기록〉, 《문학3》 13, 2021년 1호.

3부

〈싸우는 여자는 어디든 간다〉(‘톨게이트 요금 수납 노동자들의 투쟁이 남긴 것’ 연재), 일다, 2020. 4. 21.

〈“우리 또 해고야!” 시그네틱스 노동자들의 네 번째 해고〉, 일다, 2021. 2. 3.

두 번째 글쓰기

초판 1쇄 펴낸날 2021년 10월 18일
지은이 희정
펴낸이 박재영
편집 이정신·임세현·한의영
디자인 조하늘
제작 제이오
펴낸곳 도서출판 오월의봄
주소 경기도 파주시 회동길 363-15 201호
등록 제406-2010-000111호
전화 070-7704-5240
팩스 0505-300-0518
이메일 maybook05@naver.com
트위터 @oohbom
블로그 blog.naver.com/maybook05
페이스북 facebook.com/maybook05
인스타그램 instagram.com/maybooks_05

ISBN 979-11-90422-89-5 03810

만든 사람들
책임편집 임세현
디자인 조하늘